Un éternel
enchantement

Barbara Cartland

Un éternel enchantement

Roman

FRANCE LOISIRS
123, boulevard de Grenelle, Paris

Cet ouvrage a été édité pour sa première
publication en langue anglaise en 1984
par Corgi Books Century House, 61-63 Uxbridge
Road, Ealing. London W5 5SA
sous le titre :

THE UNBREAKABLE SPELL
Traduction française de Jean Micaeli

Édition du Club France Loisirs, Paris,
avec l'autorisation des Éditions de Fanval.

© By Barbara Cartland 1984
Pour la traduction française :
© Éditions de Fanval, Paris 1986

(Édition originale : ISBN 0 552 12442 7 Corgi Books London)
ISBN 2-7242-3962-8

NOTE DE L'AUTEUR

Une canne à épée dissimule, sous l'apparence d'une canne ordinaire, une dangereuse rapière à la lame d'acier. Les cannes à épée sont apparues vers 1730 et elles ont continué d'être utilisées jusqu'à la fin du XIXe siècle.

En 1820, il fallait au moins trois heures de navigation pour se rendre de Douvres à Calais. Par mauvais temps, la traversée prenait rarement plus de cinq à six heures.

Des différents moyens de transport public que l'on pouvait alors trouver en France, le plus rapide était la diligence dont les chevaux maintenus au galop étaient renouvelés environ tous les vingt kilomètres. Il existait ainsi une trentaine de relais de poste entre Calais et Paris.

Pour les voyageurs qui le pouvaient, le plus confortable était néanmoins d'utiliser leurs propres chevaux attelés à des voitures équipées d'une bonne suspension. Inutile de préciser que cette formule était fort coûteuse.

CHAPITRE UN

1820

Assise sur une banquette dans l'embrasure de la fenêtre de ce qui avait été la salle d'étude du château, Rocana cousait quand la porte s'ouvrit avec violence. Elle leva les yeux et vit sa cousine. Un bref regard sur le ravissant visage de celle-ci lui suffit pour comprendre que quelque chose n'allait pas.

— Que se passe-t-il, Caroline ? demanda-t-elle.

Pendant un moment, Lady Caroline Brunt parut dans l'impossibilité de répondre.

Puis, faisant quelques pas dans la direction de Rocana, elle s'écria farouchement :

— Je refuse de le faire ! Je ne l'épouserai jamais quoi que puisse dire papa !

— Te marier ! s'étonna Rocana. Que dis-tu là ?

Caroline s'assit à côté d'elle et, se tordant les mains l'une contre l'autre, répondit :

— Tu ne vas pas croire ce qui est arrivé !

Rocana posa la dentelle qu'elle recousait avec de tout petits points sur la robe de la duchesse.

— Raconte-moi, dit-elle de sa douce voix. Je vois bien que cela t'a bouleversée.

— Bouleversée ! s'exclama Caroline. Je suis

9

furieuse et totalement anéantie, mais je ne vois pas ce que je pourrais faire à ce sujet !

Il y avait quelque chose de pathétique dans ces derniers mots et Rocana se pencha pour poser sa main sur celle de Caroline.

— Raconte-moi tout, supplia-t-elle.

— Papa vient de m'annoncer qu'il a invité le marquis de Quorn au château pour le steeple-chase qui aura lieu mercredi, répondit Caroline, et le marquis lui a laissé entendre qu'il me demanderait de l'épouser !

— Le marquis de Quorn ! s'écria Rocana. En es-tu sûre ?

— Évidemment, j'en suis sûre ! Et quand j'ai déclaré que je n'avais aucune intention de l'épouser, papa s'est contenté de dire : « Je ne désire pas en discuter, Caroline, parlez-en avec votre mère. »

Les deux jeunes filles restèrent silencieuses. Toutes deux savaient qu'il était impossible de parler à la duchesse et que rien ni personne n'était susceptible de l'influencer lorsqu'elle avait pris une décision.

Il y eut un silence jusqu'à ce que Caroline se redresse d'un bond et dise à nouveau :

— Je ne l'épouserai pas ! Je ne veux pas ! Tu sais que j'aime Patrick et qu'il attendait le moment opportun pour faire sa démarche auprès de papa.

Rocana ne répondit pas car elle avait toujours eu la certitude que jamais Caroline n'obtiendrait l'autorisation d'épouser Patrick Fairley.

Il était leur plus proche voisin, fils d'un baronnet, et tout à fait charmant ; on ne pouvait rien lui reprocher si ce n'est que la duchesse avait des ambitions beaucoup plus hautes pour sa fille et n'accepterait, en aucun cas, un simple gentilhomme-campagnard pour gendre.

Habituellement, Caroline était à tout point de vue une fille exemplaire qui obéissait sans discuter à tous les caprices de sa mère.

Seulement, Rocana savait à quel point le fait de tomber amoureuse l'avait transformée, et peut-être pour la première fois de sa vie un peu de la forte volonté de sa mère transparaissait en elle.

Ce n'était pas étonnant qu'elle fût tombée amoureuse de Patrick, un garçon qu'elle connaissait depuis toujours alors qu'il n'y avait que deux mois que Caroline avait émergé de la salle d'étude pour faire son entrée dans le monde.

Avant cela, aucune vie mondaine n'avait été organisée pour elle, et, en accord avec les usages courants, lorsque le duc et la duchesse recevaient, elle ne participait pas aux réceptions mais prenait ses repas en haut avec sa cousine et sa gouvernante.

Il était donc inévitable que, rencontrant Patrick Fairley presque chaque jour quand les jeunes filles partaient faire des promenades à cheval, non seulement celui-ci tombât amoureux d'elle, mais qu'elle aussi le devînt de lui.

Seule Rocana était au courant de ce qui se passait et elle se demandait quelle serait la réaction de la duchesse lorsqu'elle découvrirait la vérité.

En réalité, elle ne se posait même pas la question, elle n'en connaissait que trop la réponse.

La duchesse n'avait manqué aucune occasion de pousser son mari dans toutes les situations en vue du comté, et, contre son gré, l'avait obligé à reprendre ses fonctions au palais.

11

Le duc était un homme facile à vivre et accommodant qui se satisfaisait parfaitement de passer son temps à veiller sur ses terres et à prendre plaisir avec ses chevaux et ses chiens.

Son unique extravagance consistait à entretenir un certain nombre de chevaux de course qui arrivaient rarement premiers mais lui fournissaient une excuse pour se rendre à des manifestations équestres, lesquelles, à son grand soulagement, n'intéressaient pas son épouse.

C'était probablement lors d'une occasion semblable qu'il avait fait la connaissance du marquis de Quorn, pensait Rocana, puisque les cercles d'amis du duc et de la duchesse de Bruntwick étaient très différents des sphères que fréquentait le marquis.

Il aurait été impossible, même au plus profond de la campagne la plus retirée, de n'avoir pas entendu parler du marquis qui, tout en faisant partie des intimes du Prince Régent, était d'un tout autre tempérament que le cercle de dandies et de précieux qui entouraient Son Altesse Royale.

Tout le monde s'accordait à dire que le marquis ne se contentait pas d'être l'aristocrate le plus riche du pays mais qu'il réussissait en outre tout ce qu'il entreprenait.

Même le duc ne pouvait s'empêcher de porter aux nues ses succès sur les champs de courses, où ses chevaux remportaient tous les prix comme en s'en jouant.

Il avait aussi la réputation d'être un excellent tireur et un boxeur qui n'avait pas craint d'affronter « Gentleman » Jackson et Mendoza ; il s'était aussi distingué pendant la guerre et avait été décoré plusieurs fois pour sa bravoure et son esprit chevaleresque.

S'il était un héros dont on colportait l'image dans les écuries, il était aussi le sujet de bien des commérages dans les salons où l'on chuchotait fort sur son compte.

Émanant des serviteurs plutôt que des amis de sa tante, des histoires circulaient le concernant qui n'étaient pas destinées à ses oreilles.

Bien que cela ne l'intéressât pas particulièrement, elle avait entendu évoquer les nombreuses péripéties amoureuses de la vie du marquis dont certaines liaisons s'étaient terminées tragiquement.

On disait, bien que cela puisse ne pas être vrai, que plus d'une ravissante dame n'ayant pu supporter d'être quittée, s'était suicidée, tandis que d'autres dépérissaient, le cœur brisé.

On racontait aussi qu'il s'était à plusieurs reprises battu en duel, qu'il gagnait invariablement, contre des maris jaloux qui l'avaient provoqué pour défendre leur honneur.

Dans l'esprit de Rocana, il était devenu une sorte de personnage de roman, et bien que lui paraissant trop invraisemblable pour être authentique, elle se surprit à additionner ses exploits comme si chacun d'eux constituait un nouveau chapitre ajouté à ce qu'elle avait déjà appris à son sujet.

Le fait d'entendre maintenant qu'il avait l'intention d'épouser Caroline la laissa sans voix.

Quand elle put à nouveau parler, elle demanda :

— Tu connais le marquis ?

— Je l'ai rencontré environ trois fois, je crois, répondit Caroline. « Lady Jersey me l'a présenté à l'Almack, et je me suis bien rendu compte qu'elle le faisait par malveillance car il n'avait aucune envie de danser avec une débutante ! »

— Que lui as-tu dit ?

— Rien, j'étais trop intimidée, répondit Caroline. En plus, il était renfrogné parce qu'il n'avait aucun désir de danser, surtout pas avec moi !

— Quand l'as-tu revu ?

— Je ne parviens pas à m'en souvenir. Peut-être était-ce au bal de Devonshire House.

— Comment cela s'est-il passé ?

— Il s'est approché de papa pour lui parler d'une rencontre équestre à laquelle ils avaient assisté le jour précédent. Il y avait eu un différend sur la façon dont un des chevaux avait couru ou quelque chose d'ennuyeux de ce genre.

— Continue, intima Rocana.

— Ils ont discuté un certain temps, puis papa a dit : « Vous avez rencontré ma fille Caroline ? ».

Le marquis s'est incliné et j'ai fait une révérence, et il a dit : « Nous avons dansé ensemble à l'Almack ». J'étais étonnée qu'il s'en souvienne et j'ai dit : « Oui », et il ne m'a plus reparlé.

— Que s'est-il passé la fois suivante ?

— Cette fois-là, il a été obligé de me parler, parce qu'au dîner, j'étais assise à côté de lui, mais il n'a pas dit grand-chose. Il était engagé dans une conversation avec une dame du côté opposé, laquelle était manifestement décidée à ne pas me permettre d'accaparer son attention !

Caroline fit une pause. Puis elle ajouta :

— Il est prétentieux, plein de sa propre importance, condescendant, et si tu veux la vérité, je ne l'aime pas du tout !

— Comment peux-tu l'épouser, alors ? demanda Rocana.

— Je ne peux pas le faire! Je ne peux pas! s'écria Caroline. Je sais que c'est maman qui est la cause de tout cela! Si elle ne pouvait trouver un prince ou un duc pour moi, alors un marquis restait ce qu'il y avait de mieux!

En son for intérieur, Rocana pensait que d'après ce qu'elle en avait entendu dire, le marquis était un homme bien plus important qu'aucun duc.

Mais elle pouvait comprendre qu'aux côtés d'un homme à la personnalité aussi écrasante et doté de la réputation du marquis, Caroline se sentirait sans défense et inévitablement malheureuse.

En même temps, il était fort possible qu'il recherchât véritablement une épouse, car tôt ou tard, il souhaiterait avoir un héritier qui puisse hériter de son titre, de sa fortune ainsi que de ses immenses biens.

Bien que Rocana n'eût jamais vu de débutante, il lui était impossible de croire qu'aucune puisse être plus jolie que Caroline.

Sa cousine incarnait toutes les caractéristiques traditionnelles du type « Rose anglaise ».

Elle en avait le teint parfait, à la carnation nacrée, d'immenses yeux d'un bleu un peu pâle et des cheveux blonds que tout poète eût décrit comme « l'or du blé mûr ».

Elle était gracieuse, et avait un caractère aussi doux qu'aimable, mais il eût été excessif d'espérer qu'avec toutes ces qualités, elle soit de plus d'une intelligence remarquable.

Lorsque, ensemble, elles faisaient leurs études, c'était toujours Rocana qui, laissant sa cousine loin derrière, apprenait avec avidité tout ce que leur gouvernante pouvait enseigner en quelque matière que ce fût, et elle avait dû ensuite poursuivre elle-même son éducation, la reprenant à partir du niveau où celle-ci avait été abandonnée.

Quand elle était arrivée la première fois au château, à la mort de ses parents, elle avait eu l'impression de pénétrer dans une prison où elle serait enfermée pour toujours, et elle était si malheureuse qu'elle pensait devoir en mourir.

Puis elle découvrit l'énorme bibliothèque, ce qui avait réveillé son intérêt en lui donnant la sensation qu'elle avait désormais une raison de vivre.

C'était sa mère qui lui avait enseigné, quand elle était toute petite, à exercer sa curiosité, au point qu'elle voulait toujours en apprendre davantage sur tous les sujets qu'elle entendait évoquer.

C'était encore sa mère qui lui avait enseigné le français, qui était sa langue d'origine, et qui l'avait rendue consciente de ce que, aussi merveilleux que se considéraient les Britanniques, cela n'empêchait nullement d'autres pays et d'autres peuples d'exister de par le monde.

« Tu dois être large d'esprit, ma chérie », disait-elle. « Plus tu apprends et plus tu étudies, plus tu seras en mesure de connaître le point de vue d'autres gens et de comprendre leurs sentiments aussi bien que les tiens. »

C'était quelque chose qu'il avait été très dur de faire durant la guerre, parce que quand les Anglais se battaient contre le pays natal de sa mère, non seulement beaucoup de leurs soi-disant amis, mais aussi les plus proches parents de son mari, lui avaient témoigné de l'ostracisme.

Ce n'est que longtemps après qu'elle soit venue vivre au château que Rocana prit conscience, bien que cela lui sembla incroyable, que le duc avait, en fait, été jaloux de son jeune frère, de même que la duchesse l'avait été de sa mère.

Comme c'était l'usage dans les grandes familles aristocrates anglaises, le fils aîné avait hérité de tout.

Le duc de Brentwick avait le titre, le château et un immense domaine, tandis que son jeune frère recevait une rente modeste, ce qui voulait dire qu'il était continuellement endetté.

Parce que tout le monde aimait « Lord Leo » — tout le monde l'appelait ainsi bien que son nom de baptême fût Léopold — il était le bienvenu partout, et ses vrais amis acceptaient de recevoir sa femme française par égard pour lui.

Ainsi que Rocana put s'en rendre compte, ce fut cependant très difficile pour sa mère qui adorait son mari et souhaitait ne pas peser sur lui.

Elle était la fille d'un Français qui avait été ambassadeur en Angleterre durant l'armistice de 1802.

Lord Leo l'avait vue lors d'une réception à Londres, et immédiatement, il avait su qu'elle était celle qu'il attendait.

Très beau, populaire, aimé des hommes, mais aussi très recherché par les femmes qui le trouvaient fort attirant, Lord Leo avait un charme auquel peu d'êtres résistaient, et même les animaux y étaient sensibles.

S'il était tombé amoureux d'Yvette de Soissons, il n'était pas surprenant qu'elle soit, elle aussi, tombée amoureuse de lui.

En dépit de la désapprobation du duc et de la

duchesse de Bruntwick, ils se marièrent peu de temps après.

Dire qu'ils furent heureux serait insuffisant à traduire leur harmonie.

La perfection extatique de leur union dura jusqu'à ce que la guerre reprît entre l'Angleterre et la France.

L'ambassadeur repartit pour Paris, et, bien qu'il fût riche, il se trouva dans l'impossibilité d'envoyer quelque argent que ce fût à sa fille.

« Je ne suis qu'un embarras ! », dit un jour sa mère ne sachant pas que Rocana l'écoutait.

« Qu'ai-je besoin d'argent ?, répondit son père, quand vous m'avez donné la lune, les étoiles et un bonheur dont même Midas ne pourrait rêver ! ».

Il l'avait attirée dans ses bras et l'avait embrassée jusqu'à ce que le rire s'emparât d'eux, parce que c'était si merveilleux d'être ensemble. Depuis cet instant, Rocana avait compris que l'argent ne pouvait acheter le bonheur.

Dès son arrivée au château, on lui fit comprendre qu'elle était un objet de mépris.

Il passait rarement un jour sans que la duchesse ne fasse observer qu'elle était non seulement orpheline mais aussi sans le sou, et qu'elle devait être reconnaissante à son oncle du toit qu'il lui permettait d'avoir sur la tête, mais aussi de chaque miette de pain qu'elle portait à ses lèvres.

« Extravagant, irresponsable et absolument imprévoyant, voilà ce qu'était votre père ! », disait-elle avec dédain. « Quant à votre mère !... ».

Il n'était pas besoin de mots pour décrire ce que la duchesse pensait de sa belle-sœur défunte.

Quand Rocana se regardait dans le miroir et

prenait conscience qu'elle ressemblait à sa mère, elle comprenait pourquoi la duchesse les haïssait toutes deux.

Le duc, bien sûr, avait fait un mariage de raison et, selon les pratiques en usage, cela avait été la fusion de deux grandes familles, dans l'approbation générale.

Le père de la duchesse, le duc de Hull, lui avait donné une dot considérable et à sa mort, elle avait hérité de très nombreux biens immobiliers situés dans Londres dont elle touchait un revenu annuel des plus importants.

Elle avait donné au duc l'héritier souhaité et avait intrigué jusqu'à ce qu'il fût nommé maître des Écuries du Roi, position qui était une sinécure puisque le Souverain était mourant.

Puis Caroline était arrivée quelques années plus tard. Heureusement, elle tenait de son père et avait hérité de la beauté de sa famille.

Il y avait eu de très belles duchesses de Bruntwick au cours des siècles, mais parce que la mère de Rocana était également ravissante, cette dernière réunissait en elle les traits de ses ancêtres des deux côtés, anglais et français, ce qui contribuait à faire d'elle un être unique, d'une beauté exceptionnelle.

Une raison de plus aux yeux de sa tante pour la tenir écartée de toute participation à la vie sociale de la famille aussitôt que ses études furent terminées.

Comme elle avait presque un an de plus que Caroline, cela voulait dire que leur camaraderie se trouvait désormais confinée à leurs chambres et à la salle d'étude, et à moins que la famille se retrouvât dans l'intimité, Rocana n'était pas admise à prendre ses repas en bas.

Au début, elle eut du mal à croire que sa tante avait réellement l'intention de l'isoler à ce point, et pensa que c'était seulement une façon de prolonger son deuil pour son père qui était mort un an après sa mère.

Puis la duchesse lui avait signifié en termes clairs :

« Je n'ai jamais été d'accord avec votre père, Rocana », dit-elle de sa voix acerbe, « et ainsi que vous le savez, votre mère était une ennemie de ce pays, une étrangère qui, à mon avis, aurait dû être mise en prison quand nous étions en guerre. C'est pourquoi je désire que vous ne rencontriez pas les amis de Caroline, et que vous vous absteniez de lui imposer votre présence lorsque nous recevons. »

Elle fit une pause avant de poursuivre d'un ton venimeux :

« Vous pouvez faire en sorte de vous rendre plus utile que vous ne l'êtes en ce moment en l'aidant à s'habiller et en rangeant sa chambre quand les femmes de chambre sont occupées. Quand nous irons à Londres, vous resterez naturellement ici ! »

Il avait fallu la vieille nounou de Caroline pour que Rocana comprenne les raisons de ces mauvais traitements.

« Allons, ne vous tracassez pas, ma petite chérie », lui dit-elle lorsqu'elle trouva Rocana en larmes. « Sa Grâce est tout simplement jalouse, il n'y a pas d'autre mot. »

« Jalouse ? », demanda Rocana, incrédule.

« Elle n'a jamais été jolie même quand elle était jeune, et maintenant avec des rides et son embonpoint, vous pouvez difficilement vous attendre à ce qu'elle ne voie pas la différence entre elle-même et votre mère ! »

« Je n'aurais jamais imaginé qu'elle puisse être jalouse de maman ! »

« Bien sûr qu'elle était jalouse ! », répliqua la nounou d'un ton brusque ! « De même que Sa Grâce le duc était jaloux de Lord Leo. Comment aurait-il pu en être autrement quand tout le monde adorait votre père ? Il montait à cheval mieux que Sa Grâce et il était toujours meilleur que lui que ce soit dans les steeple-chases ou à la chasse, même petits ! »

Rocana s'était tenue devant le miroir et elle avait pris conscience de ce que, contrastant avec ses cheveux blonds caractéristiques des Bruntwick, ses yeux, parce que sa mère avait été brune, n'étaient pas bleus comme ceux de Caroline mais d'une étrange couleur qui, dans une certaine lumière, devenait presque violette.

« Des yeux de fleurs, de pensées », les appelait son père, et il disait à sa mère que les siens l'hypnotisaient de telle façon qu'il ne pourrait jamais s'en échapper.

Ils étaient certes étranges, pensa Rocana, si contrastés avec sa carnation nacrée héritée des Bruntwick.

En revanche, son visage avait une forme de cœur qu'elle avait remarqué dans les nombreux portraits de famille de ses ancêtres français et, lorsqu'elle souriait, ses lèvres avaient un pli malicieux bien différent de l'arc parfait qui se dessinait sur le visage de Caroline.

Elle se souvenait de son père disant un jour à sa mère :

« Je vous crois un peu sorcière, ma chérie. Vous m'avez certainement ensorcelé ! Peut-être êtes-vous la réincarnation de la fée Morgane, ou de l'une de ces sorcières brûlées sur le bûcher au

Moyen Age parce que les gens avaient peur d'elles ! »

« Avez-vous peur de moi ? », demanda sa mère doucement.

« Seulement peur de vous perdre », répondit son père, « et vous savez comme moi qu'il suffit qu'un homme vous regarde pour qu'il vous trouve irrésistible ! »

Sa mère avait ri et lui avait dit :

« S'il en est ainsi, vous devez le prendre seulement comme un compliment, mon chéri. En ce qui me concerne, il existe un seul homme au monde, et j'userai de tous les charmes magiques pour le garder prisonnier ! »

Comme elle suivait le cours de ses pensées, Nounou, qui se tenait derrière Rocana, lui dit :

« Vous êtes trop jolie, et ça c'est la vérité ! Et je me trouve souvent en train de me demander comment vous vous dénicherez un mari puisque Sa Grâce ne vous permet jamais de rencontrer quiconque ! »

C'était une pensée sinistre, parce qu'au sortir de l'anniversaire de ses dix-huit ans, Rocana savait qu'elle aimerait se marier, ne serait-ce que pour fuir le château.

Bien sûr, elle rêvait de trouver un chevalier à la brillante armure ou un prince exactement semblable à son père, qui au premier regard tomberait amoureux d'elle et l'emporterait sur son destrier.

Mais elle avait compris, dès son arrivée au château, que la raison pour laquelle elle était si malheureuse était non seulement que sa tante ne l'aimait pas mais aussi que c'était une maison sans amour.

Quand elle vivait avec son père et sa mère

dans le petit manoir sur le domaine que le duc, avec condescendance, avait octroyé à son frère, tout resplendissait de bonheur et de lumière.

Son père et sa mère y avaient apporté une chaleur qui n'avait rien à voir avec les grands feux de bois qui brûlaient dans les vastes cheminées.

Mais au château, Rocana se surprenait à frissonner même au cœur de l'été.

Quand Caroline était partie pour Londres en avril dernier, surexcitée par les ravissantes toilettes qui lui avaient été données en prévision des nombreux bals, et rêvant d'avance à ses succès, Rocana, abandonnée à elle-même, s'était sentie très solitaire.

Puis elle se dit qu'il ne servait à rien de pleurer et de regretter des choses qu'elle ne vivrait jamais. Il valait mieux essayer d'apprécier les quelques plaisirs qui lui étaient accordés.

Parmi ceux-ci, il y avait surtout les chevaux qu'elle avait la permission de monter, bien que l'énorme quantité de couture que la duchesse lui donnait à faire le lui interdît le plus souvent, et les livres qu'elle pouvait trouver.

Elle travaillait en général la nuit et souvent jusqu'aux premières lueurs de l'aube, tant étaient nombreuses les tâches qui lui incombaient.

Elle n'était jamais accompagnée lors de ses promenades à cheval car le duc estimait que c'était un gaspillage d'envoyer un valet avec Caroline ou elle-même lorsqu'elles allaient simplement sur les terres du château.

Patrick Fairley, éperdu à l'idée que Caroline l'oublierait dès son arrivée à Londres, l'attendait immanquablement.

— Pensez-vous que Caroline m'aime ? lui

demandait-il sans cesse. Je veux dire, m'aime-t-elle réellement ? Se souvient-elle qu'elle m'appartient ?

Rocana essayait de le consoler, car elle était certaine que Caroline l'aimait autant qu'elle était capable d'aimer quiconque.

Ce n'était pas un amour fait de transports et de plénitude dans l'extase, tel celui que sa mère avait éprouvé pour son père, mais elle doutait qu'un être aussi totalement anglais que l'était Caroline fût capable d'éprouver quelque chose d'aussi fort et d'aussi profond.

Quand Caroline revint au château vers la mi-juin, le Prince Régent, ayant abandonné Londres pour Brighton la saison achevée, il n'y eut aucun doute qu'elle était ravie de revoir Patrick.

Chaque matin, elle partait à cheval avec Rocana, traversait le parc puis les bois en direction du petit domaine de Patrick, minuscule enclave dans les immenses terres du duc, et il les rencontrait à mi-chemin.

Rocana s'éloignait alors discrètement pour les laisser à eux-mêmes jusqu'à ce qu'il fût l'heure de rentrer à la maison.

Elle n'aurait pas été humaine si elle n'avait parfois ressenti une aspiration de tout son être, le désir profond d'être un jour regardée par quelqu'un avec la même adoration que celle qui rayonnait dans les yeux de Patrick lorsqu'il contemplait Caroline, et entendre la note grave dans sa voix qui se faisait toute différente lorsqu'il s'adressait à elle.

« Peut-être que, simplement, je deviendrai vieille, sans avoir jamais rencontré personne et sans avoir été nulle part », songeait-elle parfois avec désespoir.

Elle essayait de se perdre dans ses rêves et dans les livres qu'elle arrachait l'un après l'autre aux étagères de la bibliothèque, que personne en dehors d'elle ne lisait.

Cependant, elle savait maintenant que quoique Caroline puisse dire, quel que soit l'amour qu'elle portait à Patrick, elle serait forcée d'épouser le marquis de Quorn, et peut-être le trouverait-elle, à défaut d'autre chose, un mari très passionnant.

— Que dois-je faire, Rocana ? lui demandait Caroline avec désespoir. Il faut que j'épouse Patrick ! Tu sais qu'il le faut ! De toute façon, je ne pourrais jamais faire face à un homme tel que le marquis, même si je l'aimais bien !

Pensant que c'était certainement vrai, Rocana demanda.

— Comment est-il ? Décris-le-moi.

— Je suppose qu'on peut le trouver beau, dit Caroline à contre-cœur, mais il est imbu de sa puissance, écrasant, et tout le monde à Londres se chuchote ses innombrables liaisons.

— Et on t'en a parlé ? demanda Rocana.

— Bien sûr que oui ! répondit Caroline. Il n'est personne à Londres qui parle d'autre chose que d'amour, et il n'était question que d'une femme réduite au désespoir parce que le marquis l'avait quittée, ou d'une autre fanfaronnant et criant victoire parce qu'il avait fixé son choix du moment sur elle.

C'était ce que Rocana avait déjà entendu dire par les serviteurs ; elle poursuivit :

— Pourquoi penses-tu qu'il veuille se marier ?

— Je connais la réponse.

— Tu la connais ?

— Oui, il a de gros ennuis à cause de la femme

d'un quelconque diplomate et il essaye d'échapper à ce qui pourrait causer un incident international.

— Tu veux dire, demanda Rocana avec incrédulité, que c'est pour cette raison qu'il souhaite t'épouser?

Caroline s'assit sur le petit banc dans l'encoignure de la fenêtre.

— Quand je suis arrivée à Londres, tout le monde parlait du marquis; on ne semblait s'intéresser à personne d'autre. On disait qu'il avait pris la décision de ne jamais se marier parce que vivre avec une femme l'ennnuierait au bout d'une semaine et qu'il préférait en avoir une meute autour de lui!

— Je trouve cela horrible! s'exclama Rocana.

— J'ai eu la même réaction que toi, approuva Caroline, mais il ne m'intéressait pas vraiment car je n'avais de pensée que pour Patrick.

— Oui, bien sûr! Et alors?

— Alors, il a été question d'une certaine Lady — dont je ne puis me rappeler le nom — décrite comme étant très belle avec une chevelure rousse et des yeux verts, et il y avait plein de chuchotements sur ce qu'elle et le marquis faisaient ensemble.

— Et que s'est-il passé ensuite?

— Je suis revenue à la maison, et aujourd'hui papa m'a dit que le marquis était invité à séjourner ici et que, lorsqu'ils s'étaient rencontrés au Royal Ascot, il lui avait fait savoir qu'il pourrait me faire la cour.

— Pourrait? questionna Rocana.

— Je suppose qu'il préférait ne pas se compromettre au cas où ses difficultés pourraient s'arranger autrement, dit Caroline amèrement.

Parce qu'elle semblait avoir fait le tour de la situation avec beaucoup plus de lucidité que Rocana ne s'y attendait, cette dernière se contenta de regarder pensivement sa cousine et dit :

— Je pense que son comportement est insultant et que ton père aurait dû refuser.

— Je crois que papa accepterait si je le lui demandais, répliqua Caroline. Mais tu sais que maman l'empêchera de faire quoi que ce soit de ce genre et le poussera au contraire à accepter avec empressement le marquis. Elle ne me permettra jamais, jamais de dire « Non ».

Comme c'était vrai, Rocana ne discuta pas mais, compatissante, déclara :

— Ma pauvre Caroline, je suis tellement désolée pour toi !

— Que puis-je faire, Rocana ? Il faut que j'en parle à Patrick, et que je lui demande conseil.

— Il va falloir que tu attendes demain matin.

— C'est impossible ! Je ne peux pas attendre tout ce temps ! Il faut que je le voie ce soir !

Elle poussa un léger cri.

— Cela va être possible, puisque maman et papa sont invités à dîner avec le premier Président du comté et que je n'ai pas été comprise dans l'invitation.

Elle fixa Rocana et lui dit :

— C'est là où il faut que tu m'aides, ma chérie. Tu vas prendre ton cheval et aller à la grange dire à Patrick qu'il me rencontre à l'endroit habituel. Il vaut mieux éviter qu'il vienne ici au cas où un des serviteurs serait tenté de le répéter à maman.

— Non, bien sûr, dit Rocana, mais comment ferons-nous pour expliquer mon absence si tante Sophie me demande ?

— Penses-tu qu'il pourrait arriver qu'elle le fasse ?

Rocana eut un petit geste des mains pour exprimer son impuissance et dit :

— Elle peut aisément soupçonner que je suis en train de commenter avec toi ton mariage, — ce que je ne devrais pas faire, — et venir ici pour y mettre un terme.

Caroline savait que sa mère était susceptible de réagir précisément en ce sens. Elle se leva et marcha de long en large à travers la pièce.

— Je dois voir Patrick, il le faut !

— J'irai le chercher, dit Rocana, mais il vaut mieux que j'attende qu'il soit cinq heures quand ta mère sera en train de se reposer. Pour l'instant, passe un moment auprès d'elle et fais-la parler du marquis.

Caroline fit une légère grimace, mais elle savait que Rocana avait raison, et elle convint que c'était la seule façon d'éviter toute méfiance.

Elles poursuivirent leur conversation, Caroline répétant inlassablement qu'elle ne pourrait épouser qu'une seule personne au monde : Patrick.

Rocana avait conscience de ce que sa cousine savait qu'elle se battait pour une cause perdue d'avance.

A moins d'un miracle, lorsque le marquis arriverait le surlendemain, elle serait forcée d'accepter sa demande en mariage et il n'y aurait aucune échappatoire.

Tandis que Rocana galopait à travers champs, heureuse — bien qu'elle s'en défendît et se taxât d'égoïsme, — d'être pour un temps loin du château et de l'énorme quantité de couture qu'on l'obligeait à faire, elle avait pleinement conscience que la tentative dans laquelle elle se lançait était condamnée à l'échec.

Quelle que soit la force de l'amour de Patrick pour Caroline ou d'elle pour lui, sa demande en mariage ne pouvait d'aucune façon supporter la comparaison avec celle du marquis de Quorn. Elle était, en fait, persuadée qu'étant donné les circonstances, la proposition de Patrick serait perçue comme une véritable impertinence par le duc et la duchesse.

La connaissance qu'elle avait de Caroline lui permettait de comprendre qu'elle serait certainement une épouse idéale pour Patrick et le rendrait merveilleusement heureux, alors qu'aux côtés d'un homme tel que le marquis, elle ne pourrait jamais trouver le bonheur.

Elle en avait tellement entendu parler, qu'aux yeux de Rocana il apparaissait comme une sorte de panachage entre un satyre et un aventurier. Et il lui sembla que seule la dame à la chevelure rousse et aux yeux verts serait susceptible d'être l'épouse capable de lui faire face et de le neutraliser.

Son peu de connaissance des milieux mondains l'amenait à penser que seul l'amour pourrait rendre un homme de cette sorte heureux et le conserver fidèle à une seule femme.

Elle n'ignorait pas que son père, avant de rencontrer sa mère, avait eu un grand nombre de liaisons. Il était si séduisant et il avait un tel amour de la vie que c'était en fait inévitable qu'il en ait été ainsi.

Lord Leo n'enviait ni la fortune, ni le château, ni les terres, ni les splendides chevaux de son frère.

Il se riait de la pauvreté tout comme il se moquait de tout le reste et se trouvait satisfait de ce que la vie lui avait accordé, montant ses chevaux si magnifiquement qu'on pouvait dire que c'était lui, plutôt que les chevaux, le gagnant de la course.

Parce qu'il apportait à tous ceux qu'il rencontrait la joie de vivre, il était inévitable — ainsi que sa mère le faisait remarquer pour le taquiner — que toutes les femmes se bousculent derrière lui comme s'il était le « Joueur de Flûte » du conte de fées.

« Quand je vous ai rencontrée, mon amour », avait dit son père, « elles ont toutes disparu, exactement comme le firent les rats qui ne revinrent jamais ! »

Sa mère avait ri.

« Puis-je en être certaine ? »

« Comme vous êtes sorcière », répondit son père, « vous savez que je vous suis attaché par un envoûtement que je ne puis rompre et par un enchantement que je ne supporterais pas de perdre. »

Se souvenant de tout ce qu'ils avaient été l'un pour l'autre, Rocana songeait que c'était peut-être cela dont le marquis avait besoin. Un enchantement auquel il n'aurait aucune possibilité ou envie d'échapper.

Elle était consciente que, si douce, aimable et bonne que fût Caroline, elle serait incapable de susciter cette sorte de lien.

Rocana était certaine que peu de temps après leur mariage, il repartirait vers la sirène aux cheveux roux et aux yeux verts, tandis que Caroline l'attendrait solitaire à la maison.

Elle avait entendu dire que ce genre d'existence était celui que tant d'épouses aristocrates étaient contraintes de mener tandis que leurs maris se disaient appelés par « d'autres intérêts ».

On chuchotait dans les salons autant que dans les cuisines ou dans les écuries, en fait, partout où se concentraient les commérages.

« Comment puis-je la sauver ? », se demanda Rocana, sachant qu'aucune réponse ne pouvait être trouvée.

Rocana atteint la limite du domaine du duc, là où commençait la propriété des Fairley, et elle leva les yeux, espérant voir Patrick dans le lointain.

Il se consacrait non seulement à l'élevage et à l'entraînement d'un certain nombre de chevaux appartenant à son père, mais il supervisait aussi l'ensemble des ouvriers qui travaillaient sur le domaine, ayant l'intention, le moment venu, de s'en occuper directement sans passer par un régisseur.

C'était le genre de choses que son père eût aimé, se disait Rocana, si seulement il avait eu assez d'argent et suffisamment de terres à cultiver.

Mais le duc ne lui avait donné que le manoir et quelques champs autour. Son père avait souvent trouvé le temps long et ses mains inutiles.

Cet état de fait les avait incités, sa mère et lui, à partir pour Londres et à dépenser l'argent, qu'ils n'avaient pas, à se distraire.

« J'imagine que c'est important pour tout le monde d'avoir une vie active afin d'éviter les tentations », réfléchissait Rocana avec philosophie.

Aussitôt elle se souvint, en poussant un petit soupir, de la grande quantité de travail que la duchesse lui avait donné à faire, lequel, momentanément négligé, l'attendait au château.

Elle avait presque atteint la grange, qui, bien que de dimensions relativement réduites, avait néanmoins une allure et un charme certains avec ses briques d'un rose patiné, lorsque, non sans soulagement, elle vit Patrick sortir du bois sur sa droite et comprit qu'il rentrait chez lui.

Elle éperonna son cheval ; tandis qu'elle galopait à sa rencontre, il la reconnut et vint dans sa direction.

Comme les chevaux se rangeaient côte à côte, il s'écria :

— Rocana ! Que faites-vous ici ?

— Je suis venu vous dire, répondit Rocana essoufflée, que Caroline veut vous voir immédiatement, et que c'est très très important !

— Qu'est-il arrivé ?

Rocana connaissait l'esprit rapide de Patrick et comprit à son regard inquiet qu'il pressentait que quelque chose n'allait pas.

— Je crois que Caroline préfèrerait vous le dire elle-même.

Elle fit faire demi-tour à son cheval et repartit dans la direction d'où elle était venue, Patrick chevauchant à ses côtés.

— Je vous en prie, Rocana, racontez-moi, supplia-t-il. S'il s'agit de ce que je crains, cela me donnera le temps de réfléchir à ce que je devrai dire.

Rocana pensa qu'il avait raison.

— Caroline est désemparée et malheureuse, répondit-elle, parce que le duc lui a annoncé la venue du marquis de Quorn qui a l'intention de la demander en mariage.

Elle sentit Patrick se contracter. Puis, il articula :

— Le marquis de Quorn ? C'est impossible !

— Mais c'est vrai !

— Comment pourrait-elle épouser un homme ?...

Il s'interrompit. Puis, d'une voix très différente, il ajouta plus doucement :

— C'est exactement ce que je craignais qu'il arriverait si elle allait à Londres, mais je n'aurais jamais imaginé que ce puisse être le marquis — entre tous les hommes !

— Je ressens la même chose, dit Rocana, mais vous n'ignorez pas que c'est exactement le genre de mariage auquel la duchesse aspire pour elle.

— Certes, acquiesça Patrick, encore qu'il n'y a aucun doute que Sa Grâce eût préféré le Prince Régent, s'il n'était déjà marié !

Patrick avait un ton amer et Rocana lui dit vivement :

— Essayez de ne pas augmenter le désarroi de Caroline, elle est suffisamment angoissée comme cela. Vous savez qu'elle vous aime.

— Et moi, je l'aime ! dit Patrick. Mais j'ai autant de chances de l'épouser que d'aller sur la lune !

Il y eut un silence et ils chevauchèrent un moment jusqu'à ce que Rocana déclare :

— Il me semble que vous êtes peut-être un peu pusillanime de renoncer si facilement !

Patrick lui lança un regard pénétrant.

— Que voulez-vous dire exactement ?

— Dans les contes de fées, le prince escalade la plus haute montagne, plonge au plus profond de la mer, ou tue le dragon pour sauver la femme qu'il aime.

— Comme vous le dites vous-même, cela se passe dans les contes de fées.

Puis d'une voix différente, il ajouta :

— Vous avez dit « la sauver ». Voulez-vous dire que je devrais sauver Caroline ?

— C'est à vous de répondre à cette question, répondit Rocana. Quant à moi, tout ce que j'ai entendu raconter sur le marquis de Quorn m'incite à penser qu'il est la dernière personne qu'on pourrait lui souhaiter comme mari.

— Vous avez raison ! Bien sûr que vous avez raison ! s'exclama Patrick. Mais que puis-je faire ? Comment puis-je la sauver ?

Rocana sourit. Puis elle répondit :

— Cela, c'est une décision que vous devez prendre vous-même. Vous n'êtes pas sans savoir que mon père a épousé ma mère contre la volonté du duc, de la duchesse et de tous les Bruntwick.

Elle fit une pause avant de poursuivre :

— Le propre père de ma mère, l'ambassadeur, que j'ai toujours suspecté d'avoir les mêmes mauvais sentiments que ses compatriotes à l'égard des Anglais, a, lui aussi, fait l'impossible pour empêcher ce mariage.

Elle vit une expression différente dans les yeux de Patrick et il s'écria :

— Je vous remercie, Rocana, et je vais réfléchir à tout ce que vous venez de me dire. Où dois-je rencontrer Caroline, ce soir ?

— Vers sept heures, à l'endroit habituel, répondit Rocana, et maintenant, je dois me dépêcher de rentrer si je veux éviter des désagréments.

— Merci d'être venue, lui dit Patrick.

Mais Rocana était déjà repartie au triple galop en direction du château.

Ce fut seulement en montant quatre à quatre les marches de l'escalier de service qui menait à sa chambre, tout en priant pour que la duchesse n'apprenne pas son escapade ou ne la voie dans sa tenue d'amazone, qu'elle se demanda si elle n'avait pas commis une erreur.

« Peut-être aurais-je dû lui demander d'accepter l'inévitable », pensait-elle.

Il lui sembla alors entendre le rire de son père et sa voix lui dire :

« Une course n'est jamais perdue tant qu'un autre cheval n'a pas atteint le point d'arrivée ! »

CHAPITRE DEUX

Sur son cheval, Caroline s'éloignait, aussi vite qu'elle le pouvait, des écuries.

Elle évita de passer devant la façade principale au cas où des serviteurs regarderaient par les fenêtres et se maintint dans l'ombre des arbres jusqu'au moment d'atteindre le terrain plat où elle pourrait mettre son cheval au galop.

Elle savait que le vieux jockey qui lui avait appris à monter lui était si dévoué qu'il se garderait bien de raconter à ses parents quoi que ce soit qu'elle ne désirerait pas qu'ils apprennent.

— C'est ben tard pour monter, mamselle, lui avait-il dit, quand elle était entrée dans les écuries.

— Je sens le besoin de prendre l'air, avait répliqué Caroline, mais je t'en prie, ne dis rien à maman, car je sais qu'elle serait fâchée.

— J' dis jamais rien à Sa Seigneurie, avait répondu le vieux serviteur, elle s'intéresse point à mes chevaux.

Ce qui, à ses yeux — Caroline le savait — était une faute impardonnable, mais cela voulait également dire qu'elle serait en sécurité.

Rocana l'avait fait patienter jusqu'à ce que son père et sa mère aient quitté la maison, mais heureusement, à la campagne, les gens dînent

36

tôt, et ce repas, à la demande de Rocana, avait été monté dans la salle d'étude avant même que le duc et la duchesse ne sortent.

Il était beaucoup plus agréable pour les jeunes filles de manger en un lieu où elles étaient seules et tranquilles. De plus, elles n'avaient pas à se changer pour mettre une tenue de soirée.

Caroline chipotait avec les aliments apportés pour le premier service quand elle demanda avec ardeur :

— Puis-je partir maintenant ?

Rocana lança un regard vers la porte par laquelle un jeune laquais entrait, portant un poulet rôti.

Elle fronça les sourcils en direction de Caroline qui comprit qu'elle était trop impulsive, mais une fois le laquais hors de vue, Rocana s'écria :

— Va te changer maintenant, et je dirai que tu as mal à la tête et que tu n'as pas faim.

Elle savait que les domestiques s'attendraient à une explication concernant l'absence d'appétit de Caroline. L'existence au château était si calme et monotone que tout, même l'incident le plus insignifiant, prenait du relief.

La seule personne qui était au courant de ce que faisait Caroline était Nounou et comme Caroline avait été son bébé et l'adorait, il n'était pas question d'avoir un secret pour elle.

— Tu vas t'attirer des ennuis, c'est tout ce que tu vas obtenir ! dit-elle à Caroline tandis qu'elle l'aidait à mettre sa tenue.

— J'ai déjà des ennuis, tu le sais bien, répondit Caroline avec amertume. Je ne veux pas épouser le marquis, ni aucun de ceux que j'ai rencontrés à Londres.

— Cela ne sert à rien de discuter avec Sa

Grâce, répliqua la nounou. Elle s'est fixée de te faire faire un grand mariage.

— Je le sais, répondit Caroline, mais je n'ai aucun désir de briller. Je veux vivre à la campagne avec des tas de chevaux et de chiens à moi, et auprès de quelqu'un que j'aime.

La nounou n'avait pas besoin de demander de qui il s'agissait, et, comme si exprimer ses sentiments à Caroline eût été une faute grave, elle se mordit les lèvres et les garda serrées.

S'emparant de sa cravache et de ses gants, Caroline bondit dans l'escalier puis emprunta la porte de derrière qui menait aux écuries.

Les autres serviteurs étant en train de dîner ; elle était par conséquent certaine que personne ne la verrait.

Pourtant, elle avait l'impression que tout la menaçait au château, aussi, dès qu'elle fut en chemin pour retrouver Patrick, elle ressentit un si urgent besoin d'être avec lui que son cœur lui fit mal et que des larmes remplirent ses yeux.

Il l'attendait au milieu du bois, là où les bûcherons avaient ouvert une clairière.

Il avait attaché son cheval à un arbre couché et dès que Caroline apparut, il courut vers elle et la souleva de sa selle pour la poser à terre.

Ce faisant, il la retint pressée contre lui pendant une minute, puis prenant son cheval par la bride, il l'attacha comme le sien, pour qu'il ne puisse s'enfuir.

Comme il se retournait, il vit que Caroline l'attendait debout au centre de la clairière.

Elle avait enlevé sa toque d'amazone et ses cheveux blonds resplendissaient dans les derniers rayons du soleil qui s'enfonçait à l'horizon en un flamboiement glorieux.

Pendant un moment ils restèrent immobiles, se regardant intensément. Puis Patrick lui tendit les bras.

Poussant un petit cri, Caroline courut vers lui et cachant son visage contre son épaule, elle éclata en sanglots.

— Ne pleurez pas, ma chérie, lui dit Patrick. Je vous en supplie, ne pleurez pas comme ça.

— Je ne peux... le supporter ! sanglota Caroline, je ne peux vous quitter. Que... vais-je devenir ? Je sais que maman et papa... ne m'écouteront... jamais !

Du fait de ses sanglots sa voix devenait presque incohérente.

Patrick la serra plus fort contre lui comme si c'était la seule façon possible de la consoler.

Ses traits étaient tirés et son visage était pâle ; lorsqu'ils se furent assis sur le tronc d'un arbre mort, Caroline pensa qu'elle ne l'avait jamais vu aussi sérieux ni d'aspect aussi mûr.

Il écarta ses bras de Caroline, prit une de ses mains dans les siennes et lui demanda très doucement :

— Êtes-vous certaine, totalement certaine, de ne pas vouloir épouser le marquis ?

Caroline poussa un cri.

— Comment pouvez-vous me poser une question aussi... stupide ? Je le déteste, et il n'a aucun désir réel de... m'épouser... et si je dois... l'accepter je pense que... je me tuerai !

Elle parlait d'une façon presque hystérique et était très différente de sa manière d'être habituelle. Les doigts de Patrick se resserrèrent autour des siens jusqu'à lui faire mal.

Il lui dit alors très doucement :

— Écoutez-moi, ma chérie, j'ai une proposition à vous faire, bien que je sois un peu effrayé à l'idée de la formuler.

Caroline leva un regard interrogateur vers lui et il pensa qu'il était impossible d'être plus jolie.

Ses longs cils étaient mouillés et il y avait des larmes sur ses joues, pourtant elle paraissait si adorablement belle que Patrick eût voulu l'emporter dans ses bras et l'embrasser jusqu'à ce qu'il n'y ait plus besoin de mots.

Au lieu de cela, il demanda :

— M'aimez-vous assez pour vous enfuir avec moi ?

Pendant un moment, Caroline resta silencieuse. Il était évident qu'une telle idée ne lui était pas venue. Puis elle dit :

— Fuir... avec... vous ?

— C'est quelque chose que je ne devrais pas vous demander, répondit Patrick, et cela causera un énorme scandale au sein de nos deux familles, mais je ne peux imaginer aucun autre moyen de nous réunir.

— Vous voulez vraiment dire que nous nous... enfuirons... et que nous serons... mariés... avant que personne ne puisse nous... arrêter ?

Caroline s'exprimait de façon hésitante.

— Ce sera difficile à faire et il est certain que votre père mettra tout en œuvre pour essayer de nous retrouver et faire annuler notre mariage. C'est pourquoi il faudra nous cacher avec grand soin.

— Mais je serais votre femme ?

— Vous seriez ma femme !

Tandis que Patrick parlait, le regard de Caroline s'éclaira et il y eut un rayonnement sur son visage qui en chassa toute détresse et transforma les larmes sur ses joues en arc-en-ciel.

— Alors enfuyons-nous, dit-elle, et tout de

suite... ce soir... ou demain, aussi vite que... possible!

— Ma chérie, c'est vraiment ce que vous désirez? demanda Patrick.

Il tendit enfin ses bras, l'attira contre lui, et comme elle levait son visage vers le sien, il l'embrassa passionnément et insatiablement jusqu'à ce qu'il la sentît frissonner contre lui et sût que son cœur battait aussi follement que le sien. Puis, résolument, il relâcha son étreinte et s'écarta légèrement d'elle en disant :

— Nous devons mettre tout cela au point très soigneusement.

— Mais je pourrai être avec vous... et nous pourrons nous... marier?

— C'est ce que j'espère pouvoir faire, répondit Patrick, mais cela va être extrêmement difficile, et nous devons ne commettre aucune erreur sinon vous serez ramenée honteusement et votre mère prendra, d'une façon ou d'une autre, les mesures nécessaires pour que nous ne nous voyions plus jamais.

Caroline poussa un cri de terreur et étendit les mains pour s'agripper à lui.

— Il faut que je sois avec vous... il le faut! dit-elle, et vous savez que je n'aimerai... jamais... aucun autre homme... que vous!

— Ma douce, ma chérie, murmura Patrick.

Il l'aurait volontiers embrassée à nouveau, mais il se contint.

— Quand arrive le marquis?

— Après-demain.

Patrick fronça les sourcils.

— Aussi tôt que cela?

— Il vient pour le Steeple Chase.

— Naturellement et comme d'habitude il le

41

gagnera. Personne n'a de meilleurs chevaux que les siens.

— Pourrons-nous... partir avant qu'il... n'arrive ?

Patrick soupira.

— C'est impossible, et par conséquent, ma douce, il faudra que vous soyez très habile et jouiez un rôle dont je sais à quel point il sera difficile.

Caroline parut effrayée tandis qu'elle demandait :

— Que dois-je... faire ?

— J'y ai réfléchi pendant que je vous attendais, dit Patrick. Il me sera impossible d'obtenir une autorisation spéciale qui nous permette d'être mariés n'importe où et de réunir l'argent qui nous sera nécessaire pendant le temps où nous resterons cachés, en moins d'une semaine, ou à peu près.

— Une semaine c'est trop long ! s'exclama Caroline. Le marquis aura eu le temps de me faire sa demande.

— Je le sais, mais il faudra simplement que vous disiez à vos parents que vous êtes disposée à l'épouser, répondit Patrick d'une voix bourrue. Et quand il vous fera sa demande, faites semblant d'accepter.

— Vous voulez dire que je... dois... accepter sa... proposition ?

— Mentez le moins possible, répondit Patrick, mais faites en sorte que le marquis soit persuadé que vous êtes prête à devenir sa femme.

La main de Caroline se raidit sur la sienne.

— Je vais avoir... peur !

— Mais vous saurez que vous ne l'épouserez jamais parce que je vais tout organiser pour nous réunir aussi vite que possible.

Caroline poussa un soupir :

— Je ferai exactement... ce que vous me... dites de... faire.

— Je vous aime ! s'exclama Patrick. Et ma chérie, je vais remuer ciel et terre pour faire en sorte que vous ne regrettiez jamais d'avoir renoncé pour moi à la position que vous auriez eue en épousant le marquis.

— Je veux simplement être avec... vous et... vous aimer, s'écria Caroline avec simplicité.

Il la regarda un long moment avant de déclarer :

— Il y a une chose qui me fait penser que le destin est de notre côté.

— Laquelle ?

— Mon père a appris aujourd'hui que son plus jeune frère — mon oncle — est mourant. Il est très riche, mais ne s'est jamais marié, et il a toujours affirmé que je serais son héritier.

— Je vous épouserais riche ou pauvre, souffla rapidement Caroline.

— Je vous adore de l'avoir dit, répliqua Patrick, mais cela rend tout beaucoup plus facile, ma douce, si j'ai assez d'argent pour vous faire vivre conformément à ce qui a toujours été votre style d'existence sans avoir besoin de faire appel à mon père.

La façon dont il parlait fit dire à Caroline très vite :

— Pensez-vous qu'il sera... fâché si nous nous enfuyons ?

— J'ai peur que cela l'ennuie beaucoup, répondit Patrick, non pas parce qu'il a quoi que ce soit contre vous, mais parce qu'il aime être en bons termes avec ses voisins. Comme vous le savez, votre père est très important dans le comté et pourrait, s'il le désire, créer beaucoup de difficultés au mien.

— Cela... vous préoccuperait-il... beaucoup ?

— Rien n'est important excepté vous perdre, et je ne puis imaginer ce que serait ma vie sans vous, avec le supplice de vous savoir mariée à un autre homme.

— Ce serait un supplice pour moi aussi ! dit Caroline. Oh ! Patrick, aidez-moi à fuir... et faites en sorte que... personne ne nous retrouve jusqu'à ce qu'il soit... trop tard pour faire... quoi que ce soit contre nous.

— C'est exactement ce que j'ai l'intention de faire, répondit Patrick avec fermeté.

Comme elle levait les yeux vers lui, Caroline pensa qu'elle ne l'avait jamais vu aussi résolu, en quelque sorte plus mûr.

Parce qu'ils se connaissaient depuis l'enfance et se rencontraient à toutes les réceptions du comté, elle avait eu l'impression qu'ils avaient le même âge alors qu'il avait en réalité quatre ans de plus qu'elle.

Elle le découvrait maintenant pour la première fois dans sa dimension d'homme — un homme qui la prendrait en charge et la protègerait et auquel elle obéirait parce qu'il était plus expérimenté et plus sage.

— Dites-moi ce que je dois faire.

— Cela va être difficile, répondit Patrick, mais je veux que vous rentriez ce soir au château décidée à agir si habilement que personne, excepté Rocana, ne puisse mettre en doute que vous êtes ravie d'épouser le marquis et de jouir du rang important dans la société qui sera le vôtre en devenant sa femme.

Caroline se raidit mais resta silencieuse et Patrick poursuivit :

— Je ne pourrai pas vous voir demain car il

faudra que j'aille à Londres pour obtenir une dispense des bans de notre mariage.

— Est-ce que cela ne risque pas d'être dangereux ?

— Je pense que ce genre de choses est strictement confidentiel, mais à tout hasard, je n'utiliserai pas votre titre. Avez-vous un autre nom à part celui de Caroline ?

— Oui, bien sûr. J'ai été baptisée « Mary » d'après Lady Mary Brunt, qui était, paraît-il, très belle.

— Elle ne peut pas avoir été plus belle que vous ! dit Patrick d'une voix profonde. Personne ne pourrait l'être !

— C'est ce que je veux que vous pensiez.

L'espace d'un moment ils avaient tous deux oublié ce dont ils parlaient, puis Patrick poursuivit :

— Dès que j'aurai la dispense et suffisamment d'argent pour que nous vivions cachés jusqu'à ce que tout le monde ait accepté la situation, nous partirons.

— Faites cela vite... très... très vite, supplia Caroline, juste au cas où quelque chose de terrible... arriverait et que je... vous perde !

— Cela n'arrivera pas, répondit Patrick, et j'ai bien plus peur de vous perdre.

Il l'attira à nouveau contre lui et l'embrassa.

Ce n'est que longtemps plus tard quand ils revinrent à la réalité qu'ils réalisèrent que la nuit était tombée et que les premières étoiles scintillaient au-dessus de leurs têtes dans le ciel.

— Il faut que vous rentriez, mon trésor, dit Patrick ; sa voix était rauque et un peu hésitante.

— Je veux rester avec vous.

— Vous serez avec moi jour et nuit quand nous serons mariés. Ma chérie, êtes-vous certaine que vous ne changerez pas d'avis ?

— Comment le pourrais-je ? demanda Caroline. Je suis vôtre... totalement vôtre. Je l'ai toujours été, et je ne supporterais pas... qu'un autre homme... me touche.

Elle enfouit son visage contre son épaule tandis qu'elle articulait péniblement.

— Quand j'étais à Londres... plusieurs des... hommes avec lesquels j'ai... dansé ont essayé de... m'embrasser, mais je savais que je ne pourrais jamais... ressentir à leur égard ce que je... ressens pour vous.

Les bras de Patrick se resserrèrent autour d'elle jusqu'à presque l'empêcher de respirer.

— C'est ce que je pensais qu'il arriverait, dit-il âprement, et ce m'était une torture !

— C'était inutile, je ne faisais que compter les jours jusqu'à mon retour à la maison pour pouvoir... vous... revoir.

— Je vous adore, dit Patrick, et ma vie entière sera consacrée à vous rendre heureuse.

— Je serai heureuse, comme je le suis maintenant, mais j'avais très... très peur jusqu'à ce que vous me disiez que nous pouvions... fuir ensemble.

Patrick ne répondit pas. Il l'embrassa simplement encore une fois. Puis comme s'il se résolvait à faire ce qu'il fallait, il l'aida à se lever, alla chercher son cheval et après un dernier baiser prolongé la hissa sur sa selle.

— Dites à Rocana ce que nous avons décidé, mais n'en soufflez mot à personne d'autre. « Les murs ont des oreilles », et les bavardages voyagent sur les ailes du vent.

— Je ferai très... très... attention, promit Caroline.

Patrick alla chercher son propre cheval et ils chevauchèrent côte à côte jusqu'à ce qu'ils parvinrent en vue du château.

Se penchant alors vers Caroline, il prit la main qu'elle avait dégantée et la baisa.

Ses lèvres s'attardèrent passionnément sur la douceur de sa paume jusqu'à ce qu'elle frissonne et qu'il sache qu'elle avait envie qu'il l'embrasse sur les lèvres.

Parce qu'il savait que cela pouvait être dangereux, pour eux, de trop s'attarder à l'endroit où ils se trouvaient, il sourit et dit :

— Bonne nuit, ma chérie, mon amour ! Rappelez-vous seulement que je vous aime et vous n'aurez plus besoin d'avoir peur.

— Je vous aime aussi ! balbutia Caroline.

Puis, parce qu'elle comprit que c'était ce qu'il désirait, elle effleura son cheval de sa cravache et galopa promptement à travers l'enclos des chevaux jusqu'aux écuries, prenant pour rentrer le même chemin qu'au départ.

Elle prit soin d'emprunter l'escalier de service où personne ne risquait de la voir.

Puis, quand elle parvint à l'étage de la salle d'étude, elle fit irruption dans la chambre de Rocana pour trouver comme elle s'y attendait sa cousine assise dans son lit et lisant.

— Tu es de retour ! s'exclama Rocana.

Caroline referma la porte.

Rocana, tandis que Caroline s'avançait vers le lit et s'asseyait auprès d'elle, pensa qu'elle ne lui avait jamais vu une expression aussi intense de bonheur.

— Oh ! Rocana, tout est merveilleux !

Puis, à voix très basse, elle raconta à Rocana le plan que Patrick avait arrêté.

Le marquis arriva au château exactement à l'heure qu'il s'était fixé pour arriver, c'est-à-dire à cinq heures de l'après-midi. Il savait de par une très longue expérience qu'il était toujours sage de ne pas arriver trop tôt dans une maison où il était invité à séjourner. Un peu moins d'une heure accordée à la conversation avant d'aller se changer pour le dîner était largement suffisant.

Il avait prévu cela tout comme il prévoyait tout le reste, planifiant chaque chose dans le moindre détail, et tandis que son phaéton tiré par quatre magnifiques chevaux prenait le virage pour franchir la grille en fer forgé du château de Bruntwick, il tira une montre en or de la poche de son gilet.

Les aiguilles indiquaient cinq heures moins trois minutes.

— Parfaitement à l'heure, monseigneur! dit le cocher, lequel étant à son service depuis plusieurs années connaissait ses habitudes.

Le marquis ne répondit pas, et il eut seulement un léger sourire sur ses lèvres dures tandis qu'il regardait devant lui et découvrait le château de Bruntwick au bout de l'avenue.

C'était une vision assez impressionnante avec l'étendard du duc flottant à la hauteur des toitures. Mais le marquis faisant la comparaison avec sa propre demeure dans le comté de Buckingham pensa qu'il s'agissait là d'une sorte de salmigondis architectural, résultat de plusieurs générations de bâtisseurs.

La demeure qui portait son nom avait été complètement reconstruite et redécorée par son grand-père, cent ans plus tôt, et était un exemple parfait du style palladien.

Bien que les chevaux eussent effectué tout le voyage depuis Londres, ils n'en couvrirent pas moins en quelques minutes la longue avenue de plus d'un kilomètre et le marquis réussit une arrivée brillante devant la porte du château.

Un valet de pied avait déjà recouvert les marches de pierre grise d'un tapis rouge et le maître d'hôtel l'attendait au sommet pour l'accueillir comme il tendait ses rênes au valet à côté de lui.

— Dès que vous arriverez aux écuries, Jim, dit-il à mi-voix, vérifiez que mes chevaux sont arrivés et veillez à ce qu'ils soient convenablement entraînés et soignés pour le Steeple Chase demain.

— J'y veillerai, Votre Grâce.

Tandis que le phaéton s'éloignait en direction des écuries, le marquis, sans hâte et avec la dignité autocrate qui lui était propre, gravit les marches et entra dans le hall.

Il ne pouvait se douter que pendant qu'il tendait son chapeau à un des valets de pied, bien au-dessus de lui, derrière la rampe de l'escalier, Rocana le regardait d'un œil furtif notant chaque détail le concernant.

Tandis qu'elle le contemplait, elle pensait qu'il était étrange qu'il fût si parfaitement semblable à l'image qu'elle s'était faite de lui dans sa tête.

Il était beau, cela on ne pouvait le nier, le plus bel homme qu'elle eût jamais vu, mais elle comprenait pourquoi il faisait peur à Caroline.

Parce que son regard était pénétrant et qu'elle

était d'une nature très perceptive, l'expression dure de ses yeux ou la courbe de sa bouche si ferme qu'on eût pu la dire « cruelle » ne lui échappèrent pas.

En même temps, elle apprécia son élégance raffinée et la façon sophistiquée dont sa cravate était nouée selon une mode qu'elle n'avait encore jamais vue auparavant.

Sa jaquette s'ajustait sans un pli et ses pantalons couleur champagne étaient complétés par des bottes à la Souvarov si brillantes qu'elles renvoyaient au passage le reflet des meubles tandis qu'il marchait.

En le regardant suivre le maître d'hôtel à travers le hall, en direction du salon rouge où le duc et la duchesse attendaient de le recevoir, elle eut une conscience profonde de sa personnalité.

Celle-ci lui sembla émaner une vibration particulière comme s'il avait appartenu à une autre planète plutôt qu'à celle-ci.

Puis elle se dit qu'elle avait trop d'imagination et que s'il paraissait être quelqu'un d'extraordinaire il n'en était pas moins un homme.

Quand il eut disparu dans le salon rouge, Rocana se leva d'un bond et se précipita en haut des escaliers, jusque dans la salle d'étude.

Caroline l'attendait et dès qu'elle apparut, elle la questionna :

— Est-ce que tu l'as vu ?

— Oui, et j'ai pensé que la description que tu avais faite de lui était excellente. Il est d'un autoritarisme qui confine à l'arrogance et je suis tout à fait certaine qu'il doit pouvoir se montrer insupportable envers tout le monde et sa femme en particulier.

Caroline laissa échapper un gémissement de frayeur.

— Suppose que je ne puisse pas... lui... échapper ?

— Tu ne dois pas penser ainsi, répondit Rocana. Il faut que tu croies que tout va s'arranger. Lorsque nous voulons quelque chose suffisamment fort et que nous prions pour l'obtenir, nos vœux se réalisent.

En disant ces mots, elle se souvint que dès son arrivée au château elle avait intensément désiré en partir, mais que ni ses vœux ni ses prières n'avaient été exaucés.

Puis elle pensa que, pour le moment, elle devait se concentrer sur Caroline et elle poursuivit sur un ton moins emphatique :

— Contente-toi de dire oui à tout ce qui t'est proposé et essaye d'avoir l'air heureuse.

— J'ai peur... très peur ! répéta Caroline. Oh ! Rocana... accompagne-moi en bas !

Rocana rit.

— Est-ce que tu imagines à quel point ta mère serait fâchée si je le faisais ?

— Je vais tout gâcher... sans toi.

— Pense à Patrick, pense à l'amour que tu lui portes et que personne d'autre n'a d'importance.

Rocana parlait avec tant de fermeté que Caroline répondit humblement :

— J'essaierai.

Elle tremblait néanmoins quand un valet de pied monta lui dire :

— Sa Seigneurie est attendue immédiatement dans le salon rouge !

Caroline devint si pâle que Rocana eut presque peur qu'elle ne s'évanouisse. Puis comme elle l'entraînait vers la porte, elle chuchota :

— Patrick, pense à Patrick comme il pense à toi.

Elle savait, tandis qu'elle lui parlait, que le nom de Patrick donnait du courage à Caroline qui descendit les escaliers tenant la tête haute.

Rocana revint l'attendre dans la salle d'étude.

Ce faisant, elle vit le livre de Sir Walter Scott, posé ouvert, qu'elle était en train de lire, et se demanda si tout ce qu'elle connaîtrait de la vie réelle le serait seulement par les livres.

Les drames que Walter Scott suscitait si brillamment dans ses romans la faisaient vibrer intensément ; elle s'identifiait totalement à ses héroïnes, partageant leurs douleurs lorsqu'elles souffraient, et à l'unisson de l'amour qui les animait.

Elle s'approcha de la fenêtre pour regarder le coucher du soleil, pensant tristement que sa vie serait à jamais dépourvue de tout relief : tissée de choses plutôt que de sentiments, de petits riens banals et non d'émotions.

Soudainement, elle ne put s'empêcher d'envier Caroline, ce qui ne lui était jamais arrivé auparavant.

Au moins, Caroline avait une existence dramatique, et si elle avait réellement assez de courage pour fuir avec Patrick, elle se comporterait précisément comme une héroïne de roman, et non comme la fille posée et un peu mièvre d'un quelconque duc.

« Elle a de la chance, elle a vraiment de la chance d'avoir Patrick », pensa Rocana.

Puis elle eut honte de penser à elle-même au lieu de se réjouir de ce qui arrivait à Caroline.

Bien que l'absence de Caroline n'ait guère duré plus de dix minutes, il lui sembla que beaucoup de temps s'était écoulé lorsque celle-ci remonta.

Elle entra dans la pièce et Rocana vit immédiatement qu'elle était très effrayée.

— Tout va bien ? demanda-t-elle.

Caroline eut tout d'abord du mal à retrouver sa voix. Puis elle dit :

— Je crois que oui... mais, oh ! Rocana, il m'a épouvantée ! Il me fait l'effet d'un ogre de conte de fées. S'il m'emmène loin d'ici... comment Patrick pourra-t-il jamais me sauver ?

Rocana prit sa main, elle était glacée.

— Patrick te sauvera. Caroline, tu dois jouer le rôle qu'il t'a dit de jouer, faire comme si tu aimais le marquis et souhaitais devenir sa femme.

— Je préférerais mourir plutôt que l'épouser ! s'exclama Caroline. Il y a quelque chose dans sa façon de me regarder comme si j'étais un « ver sous ses pieds » qui montre bien qu'il me... méprise réellement, et qu'il m'utilise simplement à... ses propres fins.

— Si tu penses que c'est réellement le cas, dit Rocana calmement, cela rend tout beaucoup plus facile.

— Pourquoi ? s'enquit Caroline.

— Parce que s'il n'est pas amoureux de toi, il ne percevra pas ce que tu ressens. Un homme amoureux se rendrait immédiatement compte que tu en aimes un autre.

Caroline fut méditative pendant une minute. Puis elle dit :

— Tu as tellement de bon sens, Rocana. Tu réussis toujours à me rendre... courageuse.

— Si tu pars avec Patrick, je penserai que tu es la personne la plus courageuse que j'ai jamais rencontrée !

Caroline sourit.

— Tu crois vraiment ? Je le suis... seulement parce que Patrick... m'aime.

— Alors rien d'autre ne compte, dit Rocana. Maintenant, viens te changer, Caroline, et fais-toi très belle, sinon le marquis pourrait changer d'avis !

— C'est bien ce que je voudrais qu'il fasse.

Rocana secoua la tête.

— Non, ce serait une erreur. Si ce n'était pas le marquis, tu sais aussi bien que moi que ta mère trouverait quelqu'un d'autre aussi important, et il se pourrait alors que ce soit moins facile pour Patrick de t'enlever.

Comme cela parut logique à Caroline, elle laissa Rocana lui choisir une des plus jolies robes, parmi celles qu'elle avait rapportées de Londres.

Elle était en gaze blanche brodée de petites roses au niveau du cou et de l'ourlet, ce qui lui donnait un air printanier et la faisait paraître très jeune.

Rocana disposa ensuite sur sa nuque une minuscule guirlande de roses et elle lui agrafa autour du cou un collier de petites perles que son père lui avait donné lors de son précédent anniversaire.

— Tu es ravissante, ma chérie ! s'exclama Rocana.

— Si seulement Patrick pouvait me voir !

— Concentre tes pensées sur le fait que dans peu de temps il te verra tous les jours, votre vie durant.

— Je ne pense qu'à cela, confessa Caroline.

Puis, parce que toutes deux savaient que ce serait une erreur d'être en retard pour le dîner,

Rocana l'accompagna jusqu'au haut de l'escalier et la regarda descendre, pensant qu'elle était vraiment très belle.

Sur le chemin du retour vers la salle d'étude, elle se vit dans un des miroirs qui étaient suspendus dans l'antichambre.

Elle portait une robe dont Caroline s'était débarrassée avant de partir pour Londres.

Cette robe était défraîchie et Caroline l'avait déjà portée pendant deux ans avant que la duchesse ne lui en fasse cadeau. Elle n'avait d'autres vêtements que ceux de Caroline parce que les robes qu'elle portait avant le deuil de son père étaient devenues trop petites.

Mais la duchesse faisait en sorte que ce qui lui était ainsi donné soit le moins seyant de ce que la garde-robe de Caroline pouvait comporter.

Elle avait également la mesquinerie d'enlever tous ornements qui eussent pu embellir ces robes et les rendre plus attrayantes.

Graduellement, Rocana avait cessé de s'intéresser à ce qu'elle portait et à l'aspect qu'elle pouvait avoir, mais l'espace d'un instant elle s'imagina vêtue d'une robe comme celle de Caroline.

Elle savait, à cause de sa ressemblance avec sa cousine et plus particulièrement avec sa mère, qu'elle serait très séduisante.

Avec un petit sourire elle pensa qu'il ne servait à rien de ressasser tout cela car il était probable qu'elle ne porterait de telles robes que dans ses rêves.

Rocana se retrouvait une fois de plus au lit, lisant le dernier chapitre de « Ivanhoe », quand Caroline fit irruption dans sa chambre.

Elle posa son livre et se recula légèrement contre les oreillers tandis que sa cousine fermait la porte et venait s'asseoir en travers du lit pour dire d'une voix à peine plus audible qu'un chuchotement :

— Il m'a demandé de l'épouser et il dit qu'il désire que la cérémonie ait lieu dans... dix jours !

Rocana regarda fixement sa cousine d'un air incrédule.

— C'est impossible !

— C'est pourtant ce qu'il a dit, en alléguant l'excuse d'une mission urgente pour le Prince Régent qui l'oblige à se rendre à Paris, et il pensait que ce nous serait très agréable de passer... là... notre... lune de miel !

Caroline parlait comme si les mots lui étaient arrachés des lèvres et Rocana dit :

— Tante Sophie n'a sûrement pas donné son accord ?

— Il en avait déjà parlé à papa et maman et ils étaient non seulement d'accord mais trouvaient que c'était une idée délicieuse de m'amener à Paris.

Rocana resta muette et Caroline poursuivit :

— Ils ont donné leur agrément pour que la cérémonie soit restreinte et se fasse ici avec seulement nos amis et relations et quelques proches du marquis qui seraient disposés à faire le voyage depuis Londres.

— Il doit se trouver dans une situation plus difficile que nous ne l'imaginions ! dit Rocana pensivement.

— Je dois en informer Patrick immédiatement ! s'exclama Caroline.

— Tu le verras demain au Steeple Chase, répliqua Rocana. J'étais sur le point de te conseiller d'éviter de lui parler en public, mais je présume que tu pourras faire semblant de t'intéresser à son cheval.

Elle fit une pause puis ajouta avec insistance :

— Mais fais très attention ! Si on vous voyait échanger des regards on comprendrait immédiatement que vous êtes amoureux !

— Nous devons fuir cette fin de semaine, dit Caroline, ou au plus tard au début de l'autre !

— Certes, approuva Rocana.

Comme elle parlait, la porte s'ouvrit et toutes deux retinrent leur souffle en voyant entrer la duchesse.

Pendant un terrible instant Rocana crut qu'elle avait entendu ce que sa fille venait de dire.

Mais étonnamment, sa tante souriait et sur un ton très agréable dit à Caroline :

— J'étais certaine de vous trouver ici en train de raconter à Rocana les bonnes nouvelles !

— Oui, maman... c'est ce que j'étais en train... de lui dire.

Caroline s'était mise debout, très nerveuse.

— Vous êtes une jeune fille qui a beaucoup de chance ! Et bien qu'il soit extraordinaire que vous soyez mariée avec une telle hâte, je comprends tout à fait le désir du cher marquis de vous amener avec lui à Paris.

— Oui, maman.

— Naturellement, continua la duchesse, cela me laisse très peu de temps pour acheter votre trousseau.

— Mon... trousseau ? répéta Caroline un peu stupidement.

— Vous ne pouvez guère vous marier sans trousseau, dit la duchesse, et, considérant la position de votre futur époux, ce que vous porterez a une extrême importance !

Elle poussa un soupir exaspéré avant de poursuivre :

— J'avais espéré que vous éclipseriez toutes les nouvelles mariées qui ont jamais existé, et certes votre robe se doit d'être sensationnelle. Mais si nous faisons en sorte d'avoir quelques robes prêtes à temps pour l'heureux jour, le reste peut être terminé pour le moment où vous reviendrez en Angleterre.

Caroline ne dit rien, elle ne pouvait faire autrement que de regarder sa mère avec l'expression d'un lapin sous le fusil du chasseur.

Rocana retint son souffle car elle savait exactement ce qui allait suivre.

— Nous partirons vous et moi demain matin aussi tôt que possible pour Londres, poursuivit la duchesse. Vous manquerez le Steeple Chase mais cela n'a pas d'importance puisque le marquis a déjà fait savoir qu'il rentrerait à Londres dès que ce sera terminé et ne restera pas ici pour le dîner.

— Nous partons pour... Londres, maman ?

— Ne soyez pas stupide, Caroline, s'écria la duchesse âprement. Nous ne pouvons guère vous choisir des vêtements en restant ici au château !

Elle se tourna pour regarder Rocana et continua :

— Il vaudrait mieux que vous vous leviez, Rocana, et commenciez à faire les bagages de Caroline. Il est trop tard pour réveiller Nounou, mais avec l'aide des femmes de chambre, elle pourra terminer d'empaqueter demain matin ce que vous aurez oublié.

— Bien, tante Sophie.

— Et essayez de ne rien oublier, continua la duchesse d'une voix plus pointue. Vous êtes si négligente quand vous gaspillez votre matière grise à plonger dans des livres, au lieu de vous occuper de choses d'ordre pratique.

Elle jeta un regard méprisant sur « Ivanhoe » et dit en s'acheminant vers la porte :

— Votre père et moi sommes très heureux, Caroline, de ce que vous allez devenir l'épouse d'un homme très important, et lorsque nous serons à Londres, je profiterai de l'occasion pour vous instruire de tout ce que vous aurez à faire lorsque vous assumerez votre position, à ses côtés, aux cérémonies à la Cour.

Avec une expression de satisfaction évidente la duchesse sortit de la pièce en refermant la porte derrière elle.

Aucune des deux jeunes filles ne dit mot jusqu'à ce qu'elles cessent d'entendre ses pas descendre pesamment l'escalier.

Puis Caroline émit un cri, tel un petit animal pris au piège.

— Si je dois aller à Londres... avec maman, s'écria-t-elle, comment vais-je pouvoir fuir avec Patrick ?

Elle semblait si désespérée que Rocana répondit rapidement :

— Il faudra bien que tu reviennes ici pour le mariage et je suis sûre qu'il trouvera un stratagème quelconque pour t'emmener d'ici à temps.

— Imagine que maman me garde là-bas jusqu'au dernier moment ? Tu sais comment elle est quand elle s'agite sur des questions vestimentaires !

— Il faudra bien que tu reviennes le moment venu, persista Rocana.

— Patrick pensait partir... avant cela.

— Je verrai Patrick, promit Rocana, et bien que ce soit difficile, je m'arrangerai pour t'envoyer un message. J'écrirai d'une façon très prudente et il faudra que tu lises entre les lignes.

Elle réfléchit un instant avant d'ajouter :

— Ce sera une sorte de code.

— Et si je ne comprends pas et que maman le lise ?

— Nous appellerons Patrick du nom d'un des chevaux ou quelque chose comme ça, répondit Rocana. Laisse-moi faire. Je vais mettre cela sur pied avant demain matin.

— Mais je ne peux pas aller à Londres ! cria Caroline. Peut-être que je peux tomber malade, ainsi maman ne pourra pas m'emmener.

— Il faut que tu y ailles, répliqua Rocana. Il n'y a pas d'autre solution. Mais écris pour me dire le jour de ton retour, et je le dirai à Patrick pour qu'il puisse faire ses plans en conséquence.

Elle s'aperçut que Caroline tremblait et se trouvait au bord des larmes, aussi quittant son lit, elle vint s'asseoir à côté d'elle et l'entoura de ses bras.

— Il faut que tu sois courageuse. Il s'agit seulement d'obstacles à surmonter pour pouvoir te libérer du marquis et vivre avec Patrick.

— Imagine qu'ils soient... insurmontables et que je ne puisse pas... m'échapper avant d'être... mariée avec lui ?

— Tu t'échapperas, dit Rocana fermement. Comme dirait Nounou, « je le sens dans mes os ».

Puis comme elle sentait que Caroline n'était pas convaincue, elle ajouta :

— Je le ressens également d'une autre façon,

de celle dont papa disait toujours que c'était une partie du pouvoir magique de maman.

— Tu veux parler... de la clairvoyance ? questionna Caroline avec un sanglot dans la voix.

— Quelque chose comme ça, convint Rocana, mais c'est davantage une sorte d'instinct, ou une sensation à l'intérieur de moi, qui me dit quand les choses vont réussir, aussi difficiles qu'elles puissent paraître.

Tout en parlant, elle se souvenait de ce que par le passé elle avait su par avance non seulement ce qui avait réussi mais aussi ce qui avait mal tourné.

Lorsque sa mère avait été mordue par un serpent, au cours d'une promenade dans l'herbe haute lors d'un été torride, elle avait su d'une façon certaine que sa mère mourrait, même lorsque les docteurs avaient assuré que la morsure n'était pas grave.

Elle avait su également, bien qu'elle ne voulût pas en convenir, même en son for intérieur, que son père parti chasser dans l'air glacé d'une froide journée d'hiver, avec l'intention de rentrer tôt, ne reviendrait jamais.

Elle était allée aux écuries et avait dit :

« C'est une très mauvaise journée pour la chasse. Ne partez pas, papa ! Je vous en prie, restez ici ! »

« Mauvais temps ou pas », avait répliqué son père, « j'ai besoin d'exercice. Et puis, ma chérie, il y a des amis que j'ai promis d'aller voir. Si je suis en retard, tu sauras que je me suis arrêté pour prendre un verre avec eux. »

Il l'avait embrassée puis s'était rapidement mis en selle avant de la regarder et d'ajouter :

« J'aurais aimé que tu m'accompagnes, mais

nous monterons ensemble demain. Prends bien soin de toi. »

C'était ce qu'elle aurait aimé lui dire tandis qu'il s'éloignait sur son cheval.

Elle l'avait regardé partir, et d'une étrange façon qu'elle ne pouvait s'expliquer, elle avait su qu'avec son haut-de-forme mis à la bravache il était en train de chevaucher hors de sa vie et qu'ils ne seraient pas ensemble le lendemain matin.

Se reprenant, elle dit à Caroline et sa voix avait un ton vraiment convaincant :

— Je te promets, ma chérie, que quelles que soient les difficultés, quelles que soient les barrières que nous aurons à franchir, tu atteindras le poteau d'arrivée et tu épouseras Patrick.

— Tu en es sûre... vraiment sûre ? Peux-tu voir avec ton « œil magique » que cela deviendra... vrai ?

— Mon « œil magique » ne me trompe jamais. Rocana sourit.

— Tu ne seras jamais marquise de Quorn, mais l'épouse de Patrick Fairley.

Caroline jeta les bras autour de son cou et l'embrassa sur la joue.

— Cela, c'est ce que je désire plus que tout au monde et je te crois, Rocana... oui, vraiment... je te crois !

CHAPITRE TROIS

Rocana attendit le départ de Caroline accompagnée de la duchesse et de la nounou, départ qui s'était effectué sitôt pris le petit déjeuner, pour se précipiter en haut et mettre son amazone.

Ce faisant, elle savait transgresser les ultimes instructions de la duchesse qui avait été très explicite.

Elle avait appelé Rocana dans sa chambre tandis qu'elle-même et Caroline se disposaient à descendre et, montrant un énorme tas de vêtements empilés sur une chaise, lui avait dit :

— En mon absence, je veux que vous raccommodiez ceci, et je serais extrêmement contrariée si tout n'est pas terminé pour mon retour.

Elle parlait de cette voix tranchante et dure qui traduisait l'aversion que lui inspirait sa nièce, et à laquelle l'expression de ses yeux faisait écho.

Rocana resta silencieuse et après un moment la duchesse poursuivit :

— J'ai réfléchi à ce que vous ferez lorsque Caroline sera mariée. J'ai décidé que vous vous consacrerez à la couture.

Rocana se raidit et la duchesse continua :

— Je n'ai aucune intention de vous permettre de gaspiller votre temps comme vous le faites actuellement à monter à cheval et à lire. Vous travaillerez en qualité de femme de chambre couturière et je veillerai à ce que vous passiez votre temps d'une façon plus utile que ce que vous avez fait jusqu'à présent.

Elle fit une pause et son regard s'immobilisa sur le visage de Rocana tandis qu'elle disait :

— Après tout, il faut bien que vous contribuiez un tant soit peu à l'argent que votre oncle s'est trouvé forcé de dépenser pour rembourser les dettes de votre père, et aussi tenter de réparer si peu que ce soit le fait que les amis et les parents de votre mère ont tué et rendu invalides nos soldats et nos marins pendant plus de quinze ans.

Rocana serra ses mains crispées l'une contre l'autre pour tenter de maîtriser et de contrôler la protestation qui lui venait aux lèvres.

Aucun des membres de la famille de sa mère n'avait servi dans l'armée napoléonienne.

Sa mère le lui avait raconté, son grand-père avait toujours désapprouvé la guerre et méprisé l'aristocratie parvenue que le Corse vainqueur avait substitué à l'Ancien Régime auquel toutes les anciennes familles aristocrates de France appartenaient.

Mais elle savait qu'il ne servirait à rien de dire cela à la Duchesse qui avait voué une haine sans faille à sa mère et à son père autant qu'à elle-même.

Elle garda par conséquent le silence, et comme si la duchesse était un peu piquée de ne pas recevoir de réponse, elle rappela :

— N'oubliez pas de raccommoder ces vêtements et que cela soit fait correctement, sinon vous serez punie très sévèrement pour votre négligence !

Sur ces mots elle quitta la pièce et rejoignit Caroline qui l'attendait en bas des escaliers, dans le hall.

Rocana ayant suivi sa tante comprit en voyant l'expression du visage de Caroline que celle-ci était pleine d'appréhensions.

La souffrance qu'elle éprouvait à l'idée de quitter Patrick était si aiguë qu'il lui était difficile de faire semblant de se réjouir à l'idée de ce voyage à Londres.

Comme elle embrassait Rocana pour lui dire au revoir, elle murmura de façon à ce que personne ne puisse l'entendre :

— Écris... dès que possible... quand tu l'auras vu. J'ai besoin de savoir ce qu'il... pense.

Trouvant qu'il serait dangereux de répondre quoi que ce soit Rocana inclina la tête, et Caroline, l'air abattu, fit un signe de la main tandis que la voiture descendait l'avenue.

Le duc et le marquis étaient déjà partis accueillir les premières arrivées pour le Steeple Chase.

Quelle que puisse être la punition qu'elle encourrait pour négligence, Rocana n'avait aucune intention de manquer la course.

Elle se changea donc rapidement pour mettre son costume de cheval et, se précipitant par les escaliers de service, rejoignit les écuries. La plupart des valets étaient partis pour le point de départ qui se trouvait dans la partie nord de l'extrémité du parc, là où les arbres cédaient la place à un terrain plat.

Rocana s'attendait à ce qu'il y eût une foule de spectateurs, aussi prit-elle toutes sortes de précautions pour éviter d'être vue tandis qu'elle avançait à travers le verger, chevauchant au sud du terrain délimité pour la course.

Il y avait un endroit d'où elle pouvait observer le départ et même la presque totalité du parcours de la course.

Le dernier saut se trouvait juste au-dessous d'elle, et le poteau d'arrivée était à un demi-kilomètre plus loin.

Elle était protégée par des arbres, et comme elle immobilisait son cheval, elle regretta que Caroline ne fût pas avec elle pour rire ensemble de certaines entrées et admirer les autres.

Un certain nombre de chevaux tournaient en rond à l'endroit du départ et Rocana voyait le duc essayer de mettre un peu d'ordre.

Elle devinait qu'il était irrité par les spectateurs qui barraient le passage et par leurs chiens qui aboyaient aux chevaux, les faisant se cabrer et bondir.

Puis comme elle regardait, elle vit le marquis se joindre au duc et pensa que personne ne pouvait manquer de le reconnaître, et que Patrick avait raison quand il disait qu'il serait sans aucun doute le gagnant.

Il montait un puissant étalon noir et Rocana se rendit compte qu'il serait difficile aux autres concurrents de rivaliser avec un aussi splendide animal.

Au même moment, Patrick se trouvait sur un cheval de bonne race dont il avait dirigé lui-même l'entraînement, et il avait l'avantage d'être familiarisé avec le parcours de la course qui avait été dessiné selon la forme d'un immense fer à cheval.

Il avait pratiqué les obstacles une douzaine de fois dans le courant de la semaine précédente, ainsi que l'avaient fait certains autres concurrents qui habitaient dans le voisinage du château.

Un ou deux des arrivants ne manquaient pas de piquant; c'était surtout de petits propriétaires terriens qui savaient qu'ils n'avaient aucune chance de gagner, même s'ils allaient jusqu'au bout de la course; ils y participaient pour le plaisir.

Rocana ayant une très bonne vue les voyait tous très clairement de l'endroit qu'elle s'était choisi, au sommet d'une colline peu élevée, et elle était étonnée que personne n'eût choisi cet endroit à tous points de vues bien situé.

Il y avait des spectateurs à chaque obstacle et elle savait que le gros de la foule observerait le départ pour ensuite se précipiter aussi vite que possible au point d'arrivée.

Les chevaux avaient été ramenés à un alignement approximatif et elle vit que le duc attendait qu'un animal un peu gauche se tourne dans la bonne direction. Enfin, il abaissa le drapeau qu'il tenait.

Ils étaient partis!

Rocana retint sa respiration en voyant un premier nuage de poussière atteindre la première barrière.

Pour l'avoir sauté elle-même, elle savait qu'à moins de l'aborder par un angle très précis, c'était un traquenard.

Elle ne fut par conséquent pas surprise de voir deux des chevaux tomber. L'un d'eux se releva et galopa derrière les autres, déterminé à ne pas se laisser éliminer.

Un cheval sans cavalier présentait toujours un danger et il fut cause d'une autre chute à l'obstacle suivant, un deuxième cheval sans cavalier venant se joindre aux autres.

Trois autres barrières furent relativement faciles à passer et il n'y eut pas d'accidents. Avec un soupir de soulagement, Rocana vit qu'un des chevaux démonté s'était retiré et avait été pris en mains par un palefrenier.

Puis vint une étape particulièrement ingrate sur un sol gras, détrempé en toutes saisons, mais elle vit que le marquis l'abordait dans la foulée avec la même aisance.

Bien qu'il dirigeât son cheval d'une rêne courte, il devançait légèrement le reste du peloton.

Quatre obstacles plus loin certains fermiers renoncèrent, estimant le parcours trop dur, deux chevaux refusèrent le saut et un troisième fit passer son cavalier par-dessus sa tête.

Ils avaient maintenant presque achevé le premier tour de la course et, faisant vivement demi-tour à gauche pour éviter le poteau d'arrivée, ils regagnaient le premier obstacle pour recommencer le circuit.

Le nombre des cavaliers s'était considérablement éclairci et le marquis avait une longueur d'avance, son cheval sautant chaque obstacle avec la plus grande aisance, et traitant les plus faciles avec un dédain que Rocana pouvait sentir en dépit de la distance.

Elle était également consciente que le marquis montait bien mieux que quiconque, à l'exception de son père.

Ou peut-être, pour être honnête, devrait-elle dire qu'il était aussi bon que son père autrefois et qu'il semblait faire corps avec son cheval. Le simple fait de monter une bête d'une telle qualité semblait lui donner la conscience de sa toute-puissance.

Bien qu'elle ne puisse l'entendre, elle avait l'impression que lorsqu'il abordait un obstacle difficile il encourageait son cheval en lui parlant, ainsi que son père lui avait toujours appris à le faire.

A un moment, elle le vit se pencher en avant, flatter le cou de son cheval après qu'il eût négocié un obstacle particulièrement difficile, évité un cheval sans cavalier, et ignoré un spectateur mal placé.

Puis, à deux obstacles du but, le marquis fut mis au défi.

A sa joie, Rocana s'aperçut qu'il s'agissait de Patrick!

Il avait chevauché pas très loin derrière et en tirant sur les rênes. Maintenant il rendait au cheval sa liberté mais, comme il abordait l'avant-dernier obstacle exactement en même temps que le marquis, il se pencha en avant manifestement prêt à faire ce qui restait du parcours au maximum de la vitesse de sa monture.

Bien que Rocana ne pût en être sûre, elle sentit la surprise du marquis.

Soudain la course qui lui avait semblé tenir de la promenade devenait un combat.

Maintenant les deux hommes s'affrontaient réellement — bien que le marquis fût ignorant du fait qu'ils étaient également rivaux dans un autre domaine — et ils chevauchaient à bride abattue, chacun déterminé à être le vainqueur.

Ils abordèrent le dernier obstacle, botte contre botte, puis un espace dégagé jusqu'au poteau d'arrivée.

69

La plupart des spectateurs s'étaient déjà regroupés à cet endroit et Rocana pouvait entendre leurs cris d'encouragement se faire écho dans toute la vallée.

Les deux chevaux galopaient à une vitesse qui tenait du miracle, leurs sabots faisant voler des mottes de gazon derrière eux. Elle savait que chacun des deux hommes donnait son maximum pour vaincre l'autre.

Puis avec un rugissement se répercutant d'un bout à l'autre ils arrivèrent encolure contre encolure, dépassant le duc qui les attendait.

De l'endroit où se trouvait Rocana il était impossible de savoir avec certitude lequel des deux était le gagnant.

Elle ne pouvait qu'espérer que ce soit Patrick, car ce serait de bon augure pour lui et pour Caroline.

Puis elle prit conscience que la course étant maintenant terminée, il valait mieux ne pas s'attarder, rentrer au château et réfléchir à un moyen de communiquer avec Patrick avant qu'il ne rentrât chez lui.

Quel soulagement de se dire qu'il n'était pas nécessaire d'avoir peur d'être vue par la duchesse qui lui avait ordonné de ne pas assister au Steeple Chase et de faire en sorte de n'être vue d'aucun de ceux qui avaient été invités au château pour le déjeuner, pensait-elle, sur le chemin du retour.

Il était tellement habituel qu'on la relègue dans l'ombre que Rocana avait à peine écouté cette ultime recommandation.

C'était seulement en se réveillant la veille pour finir d'arranger les bagages de Caroline qu'elle avait réalisé avec soulagement qu'elle serait en mesure de voir la course sans que cela entraînât une semonce.

Elle conduisit son cheval jusqu'aux écuries, sachant qu'elle y serait avant les palefreniers, l'amena dans son box, lui enlevant sa bride et sa selle.

Il y avait vingt stalles dans cette écurie et elle aperçut un cheval qui se cabrait en ruant tandis que plusieurs valets criaient.

Par curiosité, elle s'engagea dans l'allée qui séparait les stalles, notant au passage ceux des chevaux qui s'y trouvaient encore.

Elle découvrit, ainsi qu'elle s'y attendait, que le remue-ménage venait d'une des stalles réservées aux chevaux des visiteurs.

Quand elle y parvint, elle vit un splendide animal, presque l'alter ego de celui que le marquis avait monté pour la course.

Il se dressait sur ses postérieurs, empêchant les valets de lui passer les rênes par-dessus la tête.

En fait, il était évident que les trois valets qui en avaient la charge étaient nerveux, et que celui qui tenait le harnais était blanc de peur et tremblait.

— Que se passe-t-il ? questionna Rocana de sa douce voix.

Les trois hommes la regardèrent et elle vit qu'ils étaient étrangers au château.

— C'est ct'étalon que Sa Seigneurie a acheté l'aut' semaine, Mamselle, répondit le plus âgé.

— Il semble assez farouche, remarqua Rocana avec un sourire.

— Y a personne qui puisse le t'nir, Mamselle, ça c'est la vérité ! répondit le valet. Sa Seigneurie nous l'a fait amener au cas où il voudrait le mon-

ter plutôt que « Conqueror », et j'sais point comment c'est-il qu'on va pouvoir le ramener.

— Sa Seigneurie a-t-elle l'intention de le monter ? demanda Rocana.

— Non, Mamselle, celui-ci, son nom c'est Vulcan, et l'autre, que Sa Seigneurie a monté, il faut
qu'ils soient montés par les postillons. Et c'est
Jed qui doit monter celui-ci.

— Je le monterai pas ! dit Jed très vite. Y me
tuerait, et je veux point mourir si tôt !

— Ce n'est sûrement pas le désir de Sa Seigneurie que vous le selliez avant le déjeuner ?
demanda Rocana.

— Les ordres de Sa Seigneurie, Mamsell, dit
celui des valets qui s'était adressé à elle en premier, c'est qu'il partira dès que possible après la
course et on n'ose pas le faire attendre !

Les autres valets hochèrent la tête en signe
d'assentiment et l'un d'eux dit :

— On a tous peur de mettre not' maître en
colère.

— J' veux point le monter, j' vous dis, j' le
monterai pas ! s'écria Jed, frénétique.

— Personne va pouvoir le monter si on peut
pas le seller, répliqua l'autre valet.

— Laissez-moi essayer, dit Rocana.

Une expression de surprise apparut sur leurs
visages et ils semblèrent pendant un moment ne
pas comprendre ce qu'elle voulait dire.

Puis, comme elle ouvrait la porte de la stalle,
le plus âgé des valets lui dit rapidement :

— Non, mamselle, vous pouvez pas entrer
avec Vulcan ! Quand il est comme ça il vous tuerait c'est sûr !

— Je ne crois pas, répondit Rocana calmement. Ne bougez pas et restez silencieux.

Elle pénétra dans la stalle, lui parlant de la voix très douce qu'elle avait entendu son père utiliser lorsqu'il entreprenait de dompter un de ses chevaux sauvages.

Il les achetait pour un prix peu élevé et il en faisait invariablement des bêtes parfaitement entraînées qu'il gardait pour son propre usage ou bien qu'il vendait à un bon prix.

— Pourquoi es-tu inquiet ? lui demanda-t-elle doucement. Je suis sûre que c'est parce qu'ils ne t'ont pas permis de participer à la course, ce qui était très injuste. Tu es si beau, si magnifique, je suis sûre que tu aurais gagné très facilement. Mais il y aura d'autres courses, tu peux en être sûr. Tu veux qu'ils t'admirent et se sentent heureux lorsqu'ils montent sur ton dos.

Elle continua à parler, se tenant sur le côté de la stalle, sans aucun geste pour se rapprocher de Vulcan qui l'observait avec circonspection, remuant les oreilles comme s'il écoutait ce qu'elle disait.

Tout en continuant à parler, le couvrant d'éloges et lui disant son admiration sur ce même ton qu'avait son père et dont elle avait toujours pensé qu'il exerçait un irrésistible pouvoir fait de magie et d'une sorte d'hypnose, elle s'avança lentement vers lui.

Vulcan parut se détendre légèrement et il ne fit pas mine de se cabrer.

Progressivement, Rocana continua d'approcher jusqu'à le toucher, lui flattant l'encolure, puis lui caressant le chanfrein et les oreilles. Y prenant apparemment plaisir, l'animal frotta ses naseaux contre elle dès qu'elle cessa ses caresses.

Sur le même ton de voix qu'elle avait utilisé pour Vulcan elle dit :

— Donnez-moi le harnais !

Non sans nervosité, le valet qui le tenait entra dans le box et sans s'approcher trop le lui tendit. Elle le prit dans sa main droite, continuant de flatter Vulcan doucement avec la gauche. Puis elle glissa la bride par-dessus sa tête en lui disant :

— Tu n'as pas envie de rester à l'intérieur par un temps aussi superbe. Je vais te mener dehors au soleil. Tu verras que c'est beaucoup plus agréable que d'essayer de sauter dans tous les sens dans un endroit qui est bien trop petit pour un grand et puissant cheval comme toi !

La bride était passée sur la tête de Vulcan et comme elle le faisait tourner pour le sortir de son box, elle vit qu'il y avait quatre hommes la regardant là où il y en avait eu trois.

Pendant un instant, elle fixa le marquis, droit dans les yeux, et sut à son expression qu'il était étonné.

Décidant de l'ignorer, elle conduisit Vulcan hors de la stalle, dépassa le petit groupe et sortit dans la cour.

Elle continua à lui parler, lui disant combien il serait bien dehors et que tout le monde l'admirerait.

Puis, quand il fut parfaitement immobile, utilisant le même ton que précédemment, elle ordonna :

— Mettez-lui sa selle, très doucement.

Elle sentit Vulcan se raidir, serra étroitement la bride pour l'empêcher de se cabrer. Soudain elle réalisa avec incrédulité que le marquis était à côté d'elle.

Il posa la selle très doucement sur le dos du cheval exactement ainsi qu'elle le souhaitait.

Puis, tandis qu'un valet attachait hâtivement les sangles de part et d'autre, le marquis lui demanda :

— Qui êtes-vous ? Et comment se fait-il que vous sachiez manier un cheval comme celui-ci d'une façon aussi étonnante ?

Rocana leva les yeux vers lui et sourit.

Quand elle était entrée dans le box de Vulcan elle avait instinctivement enlevé sa toque d'amazone car elle craignait qu'elle ne la gênât.

Maintenant, avec le soleil qui jouait dans ses cheveux, elle paraissait toute petite et sans consistance à côté de l'énorme étalon.

Le marquis était lui-même si grand qu'elle devait renverser un peu la tête en arrière pour le regarder. Quand il baissa les yeux vers elle, elle y vit de la surprise.

— Vulcan faisait seulement un peu d'exhibitionnisme, et les chevaux savent toujours quand les gens ont peur d'eux, répondit-elle. Cela les rend provocants.

— Quel est votre nom ? demanda le marquis.

— Rocana.

Elle aurait préféré ne pas en dire plus mais réalisa qu'il attendait et, au bout d'un moment, elle ajouta à contrecœur.

— ... Brunt !

— Un membre de la famille du duc ! Je ne vous ai pas rencontrée hier soir, ou peut-être venez-vous juste d'arriver ?

— Non, j'habite ici.

Aussitôt qu'elle eût parlé, elle s'aperçut qu'elle n'aurait pas dû se trouver là en train de parler au marquis et que la duchesse serait furieuse si elle l'apprenait. Elle dit rapidement :

— Tout se passera bien avec Vulcan maintenant, mais je pense que vous devriez peut-être le monter vous-même et lui apprendre à bien se comporter.

— Êtes-vous en train de me donner des instructions ? questionna le marquis d'un ton quelque peu moqueur.

— Non, non ! Je faisais une simple suggestion ; permettez-moi de vous féliciter sur une arrivée très remarquable au steeple-chase.

Puis, comme si elle ne pouvait s'empêcher de poser la question, elle ajouta :

— Qui a finalement gagné ?

— Nous sommes tombés d'accord pour reconnaître que c'était une manche à égalité, répondit le marquis, voyant à l'expression de Rocana que cela lui faisait plaisir.

Elle remit les rênes, qu'elle tenait encore, dans les mains du marquis et dit :

— C'était très passionnant. Et je pense que vos chevaux sont splendides !

Elle se détourna avant qu'il ne puisse répondre et courut à travers la cour, se rappelant qu'elle avait oublié son chapeau dans les écuries.

C'est seulement quand elle eût rejoint sa chambre qu'elle pensa que cela avait été très excitant de maîtriser Vulcan de cette façon, et aussi de rencontrer le marquis.

Mais elle pouvait comprendre l'effroi qu'il inspirait à Caroline ainsi, qu'apparemment, à ceux qui étaient à son service.

« Il est vraiment écrasant ! » pensa-t-elle, comme si elle venait d'affronter un typhon ou un raz de marée ou de prendre une barrière qui serait si haute qu'il semblerait impossible de réussir à sauter par-dessus.

« Je n'aurais pas dû le rencontrer, pensa-t-elle,

et peut-être ne le rencontrerai-je jamais à nouveau, mais il me sera difficile de l'oublier. »

Se penchant à la fenêtre, elle pouvait voir nombre de cavaliers qui rentraient au château pour le déjeuner prévu à leur intention dans le grand hall seigneurial.

Elle n'ignorait pas que les cuisiniers avaient travaillé toute la semaine en prévision de cette fête. Il y aurait de grands morceaux de venaison de cerfs provenant du parc, des hures de sanglier et des cochons de lait, outre d'innombrables côtes d'agneau, des poulets, des pigeons dodus et des truites en provenance du lac.

C'était une réception qui était toujours réservée exclusivement aux hommes, certains des concurrents n'étant pas estimés assez bien élevés pour leur permettre de côtoyer la duchesse et à plus forte raison Caroline.

C'est pourquoi même si la duchesse n'était pas partie pour Londres, elle n'aurait pas vu le marquis au déjeuner bien qu'il eût été en droit d'attendre de pouvoir lui dire au revoir avant son départ.

Rocana sentit le désir soudain de prendre la place de Caroline et de se trouver dans le salon où le marquis viendrait prendre congé de son oncle.

Il lui semblait qu'elle aimerait à nouveau parler avec lui pour tenter de le cerner.

Il avait été difficile de le percevoir clairement tandis qu'elle concentrait ses efforts sur Vulcan.

Et puis elle pensait qu'il était intéressant de rencontrer un homme doté d'une si forte personnalité, un homme qui dominait forcément toute compagnie en laquelle il se trouvait.

Elle n'oubliait pas qu'il avait aussi une telle

réputation et qu'on parlait de lui d'un bout à l'autre du pays.

« Je pense qu'il est dur, et qu'il pourrait être cruel si cela lui convenait, ruminait Rocana, pas pour les animaux, mais envers les gens. »

Elle pensait aux femmes qui — on le disait, s'étaient suicidées par amour pour lui, ou étaient mortes, le cœur brisé ; mais il lui sembla qu'elles devaient être faibles, ou de peu de conséquence.

En même temps, il était évident qu'une forte personnalité attirait toujours ceux qui étaient plus faibles et qui souhaitaient s'accrocher à celle-ci « tels des bernard-l'hermite à la coque d'un navire », avait un jour dit son père.

« Comment pouvez-vous dire des choses aussi malhonnêtes sur nous pauvres femmes ? » avait demandé sa mère.

« En tant que femme vous devriez comprendre », avait répliqué son père. « Celles qui, tel un lierre grimpant, s'accrochent à un homme, l'asphyxient à un point tel que, ou bien il accepte de les laisser l'emprisonner, ou bien il se bat pour sa liberté. »

« Je pense que vous essayez de trouver des excuses pour ceux de votre sexe alors qu'ils sont implacables et certainement dépourvus de cœur », protestait sa mère.

Rocana savait que ces discussions avec son père avaient lieu parce que cela leur plaisait à tous deux. Elle était consciente que sa mère avait toujours un effet stimulant sur l'esprit de son père.

Ils avaient ainsi des échanges qui lui faisaient l'effet d'étincelles volant telles de chatoyantes mouches-à-feu d'un côté à l'autre de la table.

Au bout d'une minute sa mère riait et disait :

« Vous avez gagné ! Vous êtes trop intelligent pour moi, chéri. Acceptez que je sois seulement une fragile petite femme tandis que vous êtes un homme supérieur, un homme dominateur ! »

« Un homme adorant, qui gît à vos pieds », avait un jour répliqué son père. « Vous savez tout aussi bien que moi que vous m'enroulez autour de votre petit doigt, et obtenez immanquablement ce que vous voulez ! »

Sa mère avait voulu répondre mais il l'avait embrassée et avait dit à Rocana :

« J'espère que tu écoutes bien, ma toute petite, et que tu prends note de la façon dont une femme intelligente peut toujours circonvenir un homme, qu'il soit roi ou qu'il soit simple balayeur. »

« Vous savez bien que ce n'est pas vrai », avait protesté sa mère, « et Rocana devrait apprendre que les femmes doivent toujours se tenir à la seconde place, à l'ombre du trône ! Il est plus facile d'obtenir ce que vous voulez avec de l'amour. »

Rocana pensait que ceci était vrai, mais dans le cas du marquis il était évident qu'il en avait eu trop et trop facilement. C'est pourquoi il avait cette réaction systématique d'ennui et de rejet.

Puis elle se dit que l'amour ce n'était pas cela, pas l'amour qui avait existé entre son père et sa mère et qui — elle en était sûre —, était le même que celui que Patrick et Caroline éprouvaient l'un pour l'autre.

Cet amour-là ne pouvait ni vieillir ni se faner, mais au contraire grandir, devenant plus profond et merveilleux avec le temps.

« Peut-être que c'est ce que le marquis n'a jamais trouvé », pensa-t-elle.

Elle se dit aussi que la chose vraiment importante était d'empêcher qu'il ne rende Caroline aussi malheureuse que tant d'autres femmes sur son chemin.

Elle savait instinctivement que Caroline aurait toujours peur de lui et que sa douceur n'intéresserait pas longtemps le marquis.

Il lui paraissait que ce dont il avait réellement besoin chez une femme c'était d'y trouver un défi, tout comme un cheval tel que Vulcan lui en proposait un, dans la mesure où il devait lui faire accepter sa force.

En même temps, il n'obtiendrait une complète maîtrise sur ce genre de cheval qu'en employant la même magie qu'elle avait elle-même utilisée pour le rendre docile et obéissant.

« Je perds mon temps en pensant à lui », s'admonesta-t-elle. Une fois l'époux de Caroline, il est peu vraisemblable que je le revoie jamais, et s'il s'ennuie et qu'il est malheureux ce sera la juste récompense d'un caractère aussi dominateur. »

Maintenant elle devait essayer de trouver Patrick et de le tenir au courant de ce qui était arrivé à Caroline.

Elle se faufila jusqu'au bas de l'escalier, espérant ne pas être vue, et tandis que les serviteurs s'affairaient dans la salle à manger, réussit à se glisser silencieusement vers le petit escalier qui conduisait à la galerie des Ménestrels.

Cette galerie était occultée par un écran épais de bois sculpté qui permettait aux musiciens de jeter un œil à la dérobée sur les invités en dessous, ceux-ci pouvant les entendre mais non les voir depuis la table de la salle à manger.

Au moment où Rocana ouvrait la porte, le son

d'un rire monta de la partie inférieure du hall qui la frappa comme si elle avait reçu un coup.

Elle s'approcha silencieusement de l'écran et, regardant en bas, elle vit d'abord le duc assis au bout de la table sur une chaise à haut dossier surmonté d'une couronne ducale.

Le marquis était à sa droite et Patrick se trouvait en face, quelques sièges plus bas.

L'ensemble des invités se réjouissaient de façon bruyante, buvant à la santé les uns des autres d'un bout à l'autre de la table et amoncelant sur leurs assiettes tout ce qui leur était présenté sur de grands plats d'argent armoriés.

Rocana remarqua que le marquis n'avait que très peu de choses dans son assiette et qu'il avait à peine touché au vin qui se trouvait dans son verre.

Le duc cependant, comme si la matinée lui avait paru fatigante bien qu'il n'eût pas participé à la course, buvait plus de bordeaux que d'habitude.

Le maître d'hôtel remplissait son verre, sans arrêt. Il semblait de joyeuse humeur et parlait de façon très animée avec le marquis. Bien que Rocana ne puisse entendre ce qui était dit, elle avait l'impression qu'il était question du mariage et qu'il exprimait sa satisfaction au marquis de l'avoir pour futur gendre.

C'était une simple impression comme si elle lisait dans les pensées de ceux qu'elle observait.

Puis, comme elle regardait de l'autre côté de la table, là où se trouvait Patrick, elle fut certaine d'avoir deviné juste.

Il avait une expression renfrognée et avait repoussé son assiette comme s'il n'avait pas faim.

Elle continua à les observer et bien avant que

le déjeuner ne s'achève, elle vit le marquis se lever et sut qu'il prenait congé.

Le duc se leva aussi et Rocana pensa qu'il était en train de lui faire le reproche de son départ précipité.

Ils marchèrent côte à côte vers la porte et les invités attablés levèrent leurs verres tandis que le marquis portait un toast à son hôte :

— Mes compliments, Monseigneur! Que le reste de la saison vous soit aussi favorable! Vous serez vainqueur à Doncaster!

— Merci, répondit le marquis, mais je ne tiens jamais le compte de mes chevaux avant qu'ils ne franchissent la ligne d'arrivée!

Il y eut de grands éclats de rire à cette réponse et ils buvaient encore à sa santé quand lui et le duc quittèrent la pièce. Comme ils disparaissaient, Rocana vit Patrick se lever également et comprit qu'il voulait s'en aller parce qu'il était inquiet au sujet de Caroline.

Elle pensa qu'il était improbable que quiconque lui ait dit qu'elle était déjà partie pour Londres.

Il se demanderait donc pourquoi il ne l'avait pas vue, et espérerait la retrouver dans le bois à mi-chemin de sa maison.

Sans se presser, car elle préférait le laisser quitter les écuries en premier — c'eût été une erreur de se rencontrer là — Rocana s'achemina vers le box où elle avait mis son cheval avant le déjeuner.

Comme elle atteignait le bout de la cour attenant aux écuries, elle constata que le marquis avait mis plus de temps pour partir qu'elle ne s'y attendait, et que sa voiture commençait à peine à s'éloigner de la porte principale.

Debout dans l'ombre des arbustes, elle le regarda partir, consciente que son phaéton, construit pour la vitesse, était le modèle le plus récent et le plus élégant qu'elle eût jamais vu et que les quatre chevaux qui le conduisaient étaient d'une rare beauté.

Le marquis lui-même semblait faire partie de l'irréalité de son environnement et donnait l'impression à Rocana qu'il était un personnage de roman.

Puis, voyant que Vulcan était monté par un des postillons en toque de velours noir et perruque blanche, elle pensa avec un sourire qu'il se comportait mieux qu'on eût pu l'espérer.

Elle était néanmoins persuadée que le marquis avait un œil sur lui au cas où il y aurait un problème.

La petite cavalcade passa sur le pont et s'engagea dans la longue avenue bordée de chênes. Rocana se dit que maintenant que le marquis était parti, elle devait se concentrer sur Patrick.

Elle sella son cheval et sortit des écuries avant qu'aucun des palefreniers du duc puisse se douter qu'elle y était venue.

Elle emprunta la route qu'elle prenait toujours avec Caroline quand elles voulaient ne pas être vues, et lorsqu'elle atteignit le milieu du bois, elle y trouva Patrick ainsi qu'elle l'avait espéré.

Il avait attaché son cheval et aussitôt qu'il la vit se précipita à sa rencontre pour l'aider à descendre de selle, lui disant :

— Où est Caroline ? Qu'est-il arrivé ? Je pensais qu'elle assisterait à la course ?

Rocana attendit qu'il ait attaché la bride de son cheval à une souche et lui répondit :

— La duchesse a déjà emmené Caroline à Londres pour acheter son trousseau.

Patrick eut l'air inquiet.

— Je n'avais pas pensé à cela.

— Nous non plus jusqu'à hier soir, répondit Rocana, et c'était stupide de notre part. Il était évident que tante Sophie mettrait son point d'honneur à ce que Caroline qui fait un mariage brillant ait un trousseau digne d'une reine !

Patrick n'eut pas un sourire. Au lieu de cela, il répliqua :

— J'avais terriblement peur de ne voir ni Caroline ni vous ! Mon oncle vient de mourir.

— Est-ce que cela implique que vous devez vous absenter ? questionna Rocana.

— Oui, au moins pendant trois ou quatre jours.

— Comme Caroline sera absente pendant à peu près ce même laps de temps, ou peut-être davantage, je vais lui écrire et lui dire de ne pas s'inquiéter à votre sujet.

— Est-ce qu'elle s'inquiétait à mon sujet ?

— Elle était tellement éplorée qu'elle ne pouvait même pas articuler un « au revoir ».

— Vous allez lui écrire ?

— Oui, mais de façon très prudente en utilisant une sorte de code pour le cas où tante Sophie verrait ma lettre.

— Alors dites-lui, si vous le pouvez, que je pense que la mort de mon oncle va nous aider car je vais maintenant disposer de tout l'argent nécessaire.

Patrick fit une pause. Puis d'une voix très différente, il demanda :

— Quand Caroline doit-elle revenir ?

Rocana fit un petit geste d'impuissance.

— Je n'en ai aucune idée, mais elle a promis

de me faire savoir avec précision tout ce qui aura été décidé. Quand vous rencontrerai-je ici à nouveau ? Lundi prochain ?

— Je pense que je serai de retour dimanche soir ou lundi matin, dit Patrick. Les funérailles devraient alors avoir pris fin.

— J'espère que j'aurai des nouvelles à vous donner.

— Merci, Rocana. Avez-vous vu la course ?

Elle sourit avant de répondre :

— J'ai pensé que c'était un bon présage pour vous et Caroline que vous ayez monté si superbement, et que le match soit nul.

— Je voulais le battre ! dit Patrick violemment.

— Je vous comprends, mais il avait un cheval si exceptionnel ! La façon dont vous l'avez défié était fantastique !

— J'aurais quand même aimé l'avoir vaincu, dit Patrick, et c'est bien ce que j'ai l'intention de faire en ce qui concerne Caroline !

Il s'exprimait avec une détermination que Rocana ne lui avait jamais connue auparavant, et elle dit :

— Cette course-là vous la gagnerez ! Et j'ai convaincu Caroline que mon « œil magique » me dit que vous serez tous deux très heureux.

Pour la première fois, depuis qu'elle l'avait rejoint, Patrick sourit.

— Merci, Rocana ; lorsque nous serons mariés, je vous promets que Caroline et moi nous vous viendrons en aide.

— Me venir en aide ? répéta Caroline surprise.

— Vous n'imaginez pas que personne n'est au courant de la façon honteuse dont vous êtes traitée par votre tante et par votre oncle ?

— Tout le monde ?

— Tous ceux qui connaissaient votre père l'adoraient, et c'est une honte et un scandale que vous ne sortiez jamais nulle part et que vous soyez traitée comme une moins que rien au lieu d'occuper la place que vous devriez avoir en tant que fille de votre père.

Ce que disait Patrick était si inattendu que Rocana sentit des larmes lui monter aux yeux.

— Merci... de m'avoir parlé ainsi, réussit-elle à dire au bout d'un moment. Non seulement... parce que vous êtes si bon envers moi... mais aussi parce que vous m'avez... rassurée sur le fait que... Papa n'est pas... oublié.

— Bien sûr que personne ne l'a oublié ! rétorqua Patrick. Tous adoraient votre père, et ceux qui la connaissaient adoraient également votre mère.

Il soupira.

— Si seulement lord Leo avait été le duc, je n'aurais pas été obligé de fuir avec Caroline et de créer un scandale.

— Est-ce que l'idée vous inquiète ? s'enquit Caroline.

De nouveau Patrick sourit.

— Pas vraiment. Tout ce que je veux, c'est rendre Caroline heureuse et je sais qu'elle ne pourrait jamais l'être avec le marquis, ni avec aucun autre homme.

— Comme je l'ai dit à Caroline, répondit Rocana, vos difficultés sont simplement des barrières ou des obstacles que vous devez franchir avant d'atteindre le poteau d'arrivée.

— Vous avez raison, acquiesça Patrick. Contre vents et marées, Caroline sera mienne, et je tuerai quiconque essayera de se mettre en travers !

Ses paroles exprimaient une telle violence que Rocana leva la tête et le regarda avec étonnement.

Puis elle réalisa alors que l'amour en avait fait un homme qui savait ce qu'il voulait et qui était déterminé, quel qu'en soit le prix, à l'obtenir.

— Il faut que je rentre, déclara-t-elle, parce que ce serait une erreur qu'on puisse se douter que nous complotons. Mais lundi je serai ici et, je l'espère, avec de bonnes nouvelles.

— D'ici là, dit Patrick d'une voix basse, j'aurai les dispenses nécessaires, et je l'espère une fortune qui me permettra de combler tous les désirs de Caroline.

— Je crois que vous êtes son unique désir, répliqua Rocana, et elle vit que ce qu'elle venait de dire mettait une lumière dans ses yeux.

Il l'aida à se remettre en selle et la regarda s'éloigner en direction du château avant de reprendre sa monture et de s'éloigner dans la direction opposée.

Ce n'est qu'en revoyant le château se profiler devant elle que Rocana se souvint de l'énorme quantité de couture dont la duchesse l'avait chargée.

Cela voulait dire que pour regagner le temps perdu, la presque totalité de la journée, elle devrait veiller une grande partie de la nuit et, de plus, utiliser presque tous les instants disponibles jusqu'au retour de sa tante pour faire courir son aiguille.

« Je doute qu'elle revienne avant la fin de la semaine ! », se consola-t-elle.

Les dix jours que le marquis avait fixés pour la célébration de son mariage seraient échus dimanche.

C'était un jour bien étrange pour un mariage mondain, mais le marquis avait ses propres lois, et s'il désirait être marié un dimanche, il en serait ainsi qu'il l'avait décidé.

« Il est donc certain, pensa Rocana comme elle arrivait en vue des écuries, que Caroline sera de retour jeudi, au plus tard. »

Cela ne leur donnait pas beaucoup de temps, mais la duchesse serait déterminée à tout mettre en œuvre pour que la future marquise de Quorn ait l'aspect d'une « gravure de mode » objet de l'admiration, et bien sûr de l'envie de toutes les jeunes mariées douées d'ambition.

CHAPITRE QUATRE

Tout en chevauchant dans la direction du bois, Rocana se demandait ce qu'elle pourrait bien dire à Patrick puisque tous leurs plans étaient en train de s'écrouler.

Elle avait été étonnée quand, hier, tard dans la nuit, une Chaise de poste était arrivée de Londres lui apportant une lettre de Caroline.

Quand elle l'ouvrit, elle réalisa que ce n'était pas seulement urgent, mais également si secret que Caroline avait fait la seule chose intelligente en son pouvoir, c'est-à-dire de ne pas faire confiance au service du Courrier ordinaire, mais, avec la complicité de la nounou, d'utiliser une Chaise de poste.

La lettre avait manifestement été écrite dans la plus grande hâte et dans l'angoisse, car l'écriture habituellement élégante était à peine plus qu'un griffonnage.

Rocana lut :

    « Très chère Rocana,
Je te fais parvenir ceci par la Chaise de poste car il faut que Patrick apprenne immédiatement ce qui est arrivé. Je suis absolument désespérée, et il n'y a rien que je puisse faire sauf prier que,

malgré tout, il puisse d'une façon ou d'une autre me sauver.

Maman et le marquis ont eu ce matin un différend assez désagréable quand il est arrivé dans notre demeure justement au moment où nous sortions faire des achats. Il venait dire qu'il fallait qu'il soit à Paris dès mardi, et il suggérait que nous avancions le jour du mariage au samedi. Moi, sottement, j'avais été tout à fait certaine que nous partirions jeudi au plus tard, mais maman a répondu au marquis que nous ne serions pas de retour au château avant samedi après-midi aux environs de cinq heures. Il a dit qu'il était ridicule que tout dépende de la livraison d'une robe de mariage, mais tu sais comment est maman quand elle a décidé de quelque chose ! Il a finalement capitulé, mais sur un ton très désagréable. Il a dit qu'il faudrait alors que le mariage ait lieu dimanche matin à neuf heures trente, et qu'il n'y aurait pas de réception à proprement parler. Aussitôt que je serais changée et habillée de mes vêtements de voyage, il avait l'intention de partir immédiatement pour Douvres.

Je pense que c'est parce que maman avait peur qu'il annule complètement la cérémonie qu'elle a finalement accepté, mais de très mauvaise grâce, et après elle était si fâchée contre moi que j'ai éclaté en sanglots. En réalité, je pleurais parce que j'avais peur que si nous ne retournions au château qu'à la dernière minute, Patrick et moi ne pourrions nous enfuir.

Je t'en prie, Rocana, va le voir immédiatement et supplie-le de ne pas renoncer, mais qu'il m'arrache à cette situation. Plus je vois le marquis et plus il me fait peur. Je sais que je ne puis *vivre sans Patrick et que je ne serais jamais heureuse avec quelqu'un d'autre.*

Nounou va te faire parvenir ceci dès que maman et moi serons parties pour les boutiques. Je suis dégoûtée des robes et comme je m'attends à n'en porter aucune, ce sont seulement des heures d'ennui, debout pendant que la petite-main me pique d'épingles! S'il te plaît, Rocana, je t'en prie, aide-moi! J'ai si peur et je suis si malheureuse.

Tendrement
Caroline

P.S. S'il te plaît, remets mes vêtements à Patrick pour que j'aie quelque chose à me mettre.

P.P.S. J'ai inclus un mot pour lui dans cette lettre. »

Il y avait une feuille de papier dans l'enveloppe sur laquelle il y avait marqué « Patrick » et Rocana espérait qu'au moins cela le réconforterait, ce dont il aurait besoin après avoir pris connaissance de la lettre de Caroline.

Comme elle atteignait la lisière du bois, elle pensa que, peut-être, une grande partie de ces problèmes avaient été causés par elle.

Depuis le début elle aurait dû faire comprendre à Caroline qu'elle serait obligée d'épouser le marquis et qu'elle devrait renoncer à Patrick.

Mais quelque chose en elle d'un peu frondeur lui faisait se demander pourquoi une femme devrait être considérée et traitée comme un simple objet inanimé et dépourvu de sentiments.

Cela l'irritait et elle ferait tout ce qui était en son pouvoir pour aider Caroline à rejoindre l'homme qu'elle aimait.

Patrick l'attendait dans la clairière ainsi qu'il l'avait fait tous les jours depuis lundi au cas où l'un ou l'autre aurait reçu des nouvelles.

Avant qu'elle puisse parler il sut à l'expression de son visage que Caroline s'était manifestée.

— Que dit-elle ? demanda-t-il avec empressement.

Elle lui tendit l'enveloppe qui contenait la lettre que lui avait adressée Caroline ainsi que le mot pour lui.

— J'ai peur que les nouvelles soient mauvaises, dit-elle d'une voix basse.

Patrick n'écoutait pas. Il s'était assis sur le tronc d'un arbre couché et lisait la lettre de Caroline, indifférent à tout le reste.

Rocana s'assit à côté de lui, essayant d'imaginer une stratégie qui se tienne, mais réalisant que ce serait extrêmement difficile. Même s'il s'enfuyait avec Caroline, dès son retour, ils n'auraient pas le temps de s'éloigner suffisamment au moment où l'absence de Caroline serait découverte. Cela voulait dire que le duc pourrait les rattraper avant qu'ils fussent mariés.

Le duc disposait d'un grand nombre de serviteurs et de chevaux très rapides, et Rocana savait qu'il n'existait qu'un nombre limité de routes principales dans le comté que Caroline et Patrick puissent emprunter, quel que soit le lieu où ils aient l'intention de se cacher.

Elle faisait le calcul du nombre d'heures dont ils disposeraient avant que le duc et la duchesse s'aperçoivent de son absence du château. Patrick leva la tête et dit :

— Je m'y attendais.

— Vraiment ?

— J'étais tout à fait certain que la duchesse, avec ses idées grandioses sur l'élégance que devrait avoir l'épouse du marquis, ne pourrait pas réaliser la totalité des achats qu'elle envisageait avec autant de rapidité.

— Que pouvons-nous faire ? demanda Rocana.

— D'abord, répliqua Patrick, je viendrai chercher Caroline au château dès que ses parents penseront qu'elle s'est retirée pour la nuit.

Il était manifestement en train d'élaborer un plan et Rocana dit :

— Cela correspond à peu près à dix heures, ce qui vous donnera neuf heures avant que la duchesse ne s'attende à voir Caroline réveillée. Ce sera tôt dans la matinée car elle est supposée se marier à neuf heures et demie.

— J'ai besoin de plus de temps que cela.

— Je ne vois pas comment ce serait possible, répliqua Rocana, mais je suis sûre que si on s'aperçoit de l'absence de Caroline et qu'ils en devinent la raison, le duc enverra ses valets dans toutes les directions possibles pour vous appréhender.

Patrick pensait évidemment la même chose et elle continua :

— Il faut vous marier le plus vite possible, et que cela ait lieu en dehors du comté là où le prêtre sera moins familiarisé avec le nom de Brunt.

— J'ai réfléchi à tout cela, répondit Patrick, et le seul moyen qui nous assurerait une possibilité réelle de réussir serait que vous nous aidiez.

— Moi ? questionna Rocana. Mais naturellement ! Je ferai tout ce que vous voudrez.

— Vous le pensez vraiment ? s'enquit Patrick d'une voix un peu bizarre.

— Bien sûr que je le pense, répliqua Rocana. Vous savez combien j'aime Caroline et elle ne sera jamais heureuse avec un autre que vous.

— Très bien, dit Patrick. Ce qu'il faut que vous fassiez, Rocana, c'est prendre la place de Caroline et épouser le marquis.

Rocana le dévisagea comme si elle pensait avoir mal compris ce qu'elle avait entendu.

Puis elle poussa un petit cri avant de s'exclamer.

— Que... dites-vous là ? Comment pourrais-je... faire une chose pareille ?

— Ce ne sera pas facile, dit Patrick, mais c'est faisable.

Il fit une pause comme s'il y réfléchissait avant de poursuivre :

— Caroline et vous êtes à peu près de la même taille et vous avez toutes les deux des cheveux blonds. Ce qui vous différencie le plus ce sont vos yeux, mais une mariée est supposée les garder baissés, et de plus vous portez un voile sur le visage.

— Je... Je ne comprends pas, dit Rocana. Comment avez-vous pu... imaginer une chose aussi... folle ?

— Ce n'est pas si fou que cela si vous y réfléchissez, dit Patrick calmement. La duchesse, qui a un regard beaucoup plus perçant que le duc, ira certainement en premier à l'église, et Caroline arrivera en dernier, accompagnée de son père.

— Je. Oui... mais..., commença Rocana.

— Si vous faites en sorte, poursuivit Patrick comme si elle n'avait rien dit, que la duchesse ne voie pas Caroline avant qu'elle soit habillée en robe de mariée, je ne crois pas que ni le duc ni le marquis, quand vous atteindrez l'église, ne remarqueront que vous avez pris sa place.

Les yeux de Rocana étaient écarquillés et ses mains étaient crispées l'une contre l'autre, mais elle resta silencieuse tandis que Patrick poursuivait :

— Une fois que vous serez mariée et légalement l'épouse du marquis, quels que soient leur fureur et leurs cris de rage, ils seront impuissants, et lorsqu'ils dépêcheront leurs serviteurs pour nous retrouver, Caroline et moi-même, ce sera trop tard : nous serons mariés.

Rocana leva les mains pour enlever sa toque comme si celle-ci l'empêchait dans une certaine mesure de penser. Puis elle dit :

— Je ne peux pas... croire ce que vous êtes en train de... me dire !

Pour la première fois depuis qu'ils s'étaient rencontrés, Patrick sourit.

— Si vous y réfléchissez, Rocana, dit-il, vous allez non seulement aider Caroline que vous aimez, mais également vous-même.

Elle le regarda avec étonnement, et il continua :

— Vous n'avez peut-être pas envie d'épouser le marquis, mais ce serait une existence certainement préférable à celle que vous avez actuellement ! Caroline m'a raconté la manière dont vous êtes continuellement maltraitée parce que votre père est mort en laissant des dettes et que votre mère était française.

C'était incontestable et Rocana fit entendre un murmure inarticulé qu'il prit pour un acquiescement.

— Quoi qu'il arrive dans le futur, dit-il, le marquis sera tenu de veiller sur vous. Peut-être que votre « pouvoir magique » dont Caroline m'a si souvent raconté qu'il vous permet de deviner l'avenir, vous dira que c'est la bonne décision pour vous-même autant que pour nous.

— Je comprends ce que vous... êtes en train de me dire, mais comment pourrais-je... m'en sortir avec une telle supercherie ? Et si... ils me démasquent avant que je n'arrive à l'église, la duchesse sera dans une telle colère que... je crois qu'elle me... tuera ! »

— Alors il faut faire en sorte qu'elle ne découvre rien jusqu'à ce que vous soyez devenue marquise de Quorn !

Puis, comme s'il pensait qu'il s'était montré un peu léger, Patrick tendit la main et prit celle de Rocana.

— C'est la seule façon dont vous puissiez nous aider, Rocana, et je le ressens comme une sorte de justice en retour des mauvais traitements que vous a infligés la duchesse ! Je crois également que votre père aurait trouvé que c'est une bonne mystification.

Presque comme si Patrick l'avait évoqué, Rocana pouvait voir son père riant, les yeux pétillants, tandis qu'il disait :

— C'est bien fait pour eux ! Ils méritent ce qui va leur arriver !

C'était une expression qu'elle l'avait souvent entendu utiliser et elle savait que s'il était informé, ainsi qu'elle en était certaine, de la tristesse de son existence depuis qu'elle était venue vivre au château, il ferait tout pour l'en sauver.

Elle avait pensé la nuit précédente en se mettant au lit après avoir veillé jusqu'à presque minuit pour coudre le linge que la duchesse avait accumulé à son intention, que réfléchir à son avenir lui était insupportable. Elle était certaine que par haine et dépit, la duchesse lui interdirait désormais définitivement de monter à cheval et de lire, et que la seule chose qui l'avait jusqu'ici retenue de lui infliger des punitions corporelles avait été la présence de Caroline.

Rocana avait maintenant l'impression qu'une

fois Caroline mariée et absente, sa tante n'hési-
terait pas à la gifler si elle était irritée et pourrait même aller jusqu'à la battre.

Elle l'en avait menacée un jour où elle était
très en colère, mais elle n'aurait jamais osé le
faire en présence de Caroline. Rocana savait que
sa cousine avait toujours été un bouclier entre
elle et la haine de la duchesse.

Aussi, Caroline partie, non seulement en sup-
porterait-elle les conséquences mais Caroline
serait également triste et malheureuse dans sa
nouvelle position de marquise de Quorn.

Rocana était consciente de ce que Patrick
attendait. Se contentant de la scruter, ses doigts
se resserrant sur les siens et lui faisant part de
sa nervosité, il la suppliait silencieusement de
prendre une décision sans tarder.

Sans même s'en rendre compte, elle leva le
menton comme son père le faisait lorsqu'il était
confronté à une difficulté particulière et elle dit :

— Je le ferai... mais ô Patrick... il faudra que...
vous m'aidiez !

— Je savais que vous le feriez ! dit Patrick d'un
ton triomphant. Merci, Rocana, merci ! Quand
Caroline et moi serons mariés, si les choses sont
trop difficiles, vous pourrez toujours venir nous
rejoindre.

— J'ai... j'ai peur ! dit Rocana, non seulement
de... vous décevoir... mais aussi... d'épouser le
marquis !

— Je reconnais qu'il est assez effrayant,
répondit Patrick. Mais en même temps c'est un
gentleman et un sportif, et je ne peux croire que
lorsque vous le connaîtrez mieux il soit plus
redoutable que la duchesse qui, moi, me terrifie.

Rocana rit, mais l'idée traversa son esprit que

tandis que la duchesse était, ainsi que Patrick venait de le dire, terrifiante, le marquis, lui, serait son mari. Il y avait là quelque chose auquel il lui était presque impossible de faire face !

— Ce que nous devons faire maintenant, dit Patrick sur un ton pratique, c'est d'abord de vérifier que j'ai suffisamment de vêtements appartenant à Caroline pour qu'elle ait le nécessaire jusqu'à ce que je puisse lui en acheter d'autres.

Comme s'il pensait que Rocana ne comprenait pas, il ajouta :

— Vous disposerez de son nouveau trousseau.

— Si je réussis ma... supercherie, murmura Rocana, et parviens à... m'éloigner avec le... marquis !

— Vous serez sa femme, dit Patrick fermement, et quoi qu'il puisse arriver, vous devez insister pour qu'il vous emmène avec lui.

Rocana sursauta comme si tout ce que disait Patrick faisait paraître l'avenir sous un jour de plus en plus compliqué. Elle resta silencieuse et il poursuivit :

— Pourriez-vous faire un paquet de quelques-uns des vêtements de Caroline et inventer une excuse quelconque pour que les domestiques du château ne s'étonnent pas ?

Rocana réfléchit un instant. Puis elle dit :

— Comme ils savent tous qu'elle va recevoir un nouveau trousseau complet, je peux dire que la duchesse m'a laissé des instructions pour que tout ce qu'elle a porté longtemps soit donné à un des orphelinats.

— Excellent ! s'exclama Patrick. Obtenez des valets-de-pied qu'ils mettent des malles à l'extérieur de la porte de derrière demain soir et je viendrai les chercher. Si j'arrive à une heure où normalement ils dînent il y a peu de risque de rencontrer qui que ce soit.

— Imaginons que quelqu'un vous voie? suggéra Rocana.

— Je ferai en sorte que cela n'arrive pas, répondit Patrick. Ne vous inquiétez pas à mon sujet, Rocana, emballez simplement les choses dont vous pensez que Caroline aura besoin.

— Je le ferai, promit Rocana.

— Nous en reparlerons demain, dit Patrick. Je vais mettre au point tous les détails, mais pendant ce temps, pensez à un moyen de cacher vos yeux qui pourraient vous trahir; il faudra naturellement aussi trouver une explication qui justifie votre propre absence, si la duchesse vous demandait.

— Je n'avais pas pensé à cela! s'exclama Rocana.

Puis elle sourit.

— Je connais au moins la réponse à ce problème.

— Laquelle?

— Nounou m'aidera. Elle sera de retour de Londres en même temps que Caroline et je peux dire que je suis trop souffrante pour apparaître pendant qu'elle habillera Caroline. On m'a déjà intimé l'ordre de ne pas être présente à la cérémonie.

— Et à la réception? demanda Patrick.

— Bien sûr que non! Vous savez bien que je suis supposée être invisible.

— Je ne puis rien imaginer de plus cruel que la façon dont la fille de votre père est traitée, et à part la fureur que je vais susciter de leur part en enlevant Caroline, je désire voir la duchesse récolter ce qu'elle a semé quand elle réalisera que vous êtes la marquise de Quorn!

— Je ne pourrai pas être plus malheureuse que je le serais au château sans Caroline, dit Rocana d'une voix basse.

Patrick prit à nouveau sa main dans la sienne.

— Je ne vais pas vous remercier, Rocana, dit-il. Tout ce que je peux dire est que je pense que vous êtes très courageuse et que votre père serait fier de vous.

Il parlait avec tant de sincérité que des larmes montèrent aux yeux de Rocana.

Ses doigts se resserrèrent sur les siens comme elle dit :

— Ce ne peut pas être plus difficile que votre compétition avec le marquis lors d'un steeple-chase et cette fois, nous gagnerons!

— Nous gagnerons! fit en écho Patrick.

Rocana ne parvenait pas à trouver le sommeil quand elle avait enfin pu partir se coucher le samedi soir après avoir revu Patrick.

Celui-ci s'était montré extrêmement encourageant et avait répété avec elle tout ce qu'elle aurait à faire pas après pas, jusqu'à ce que, presque comme si son rôle avait été écrit sous ses yeux, elle le connaisse par cœur.

Mais elle avait encore très peur de ne pas réussir et que leur complot débouche sur un désastre.

Caroline était arrivée avec la duchesse et la nounou à cinq heures et un simple regard suffit à Rocana pour voir à quel point elle était effrayée et tendue.

La duchesse s'affairait dans le château, donnant des ordres péremptoires et trouvant immédiatement à redire à l'arrangement des fleurs prévues pour le mariage.

Caroline courut en haut et Rocana la suivit. Quand elles atteignirent la salle d'étude, elles étaient toutes les deux à bout de souffle et tandis que Rocana fermait la porte derrière elles Caroline questionna :

— Patrick ! Que dit-il ?

— Tout va bien. Il t'attendra ce soir à neuf heures et demie dans le massif à côté de la porte de derrière.

Caroline poussa un petit cri de joie.

— Tu en es sûre... réellement sûre... sûre qu'il sera là ?

— Absolument sûre, répondit Rocana, et je vais te raconter rapidement tout ce qu'il a prévu.

Elle attira Caroline vers le siège de la fenêtre parce qu'il était le plus éloigné de la porte.

Tandis qu'elle dénouait les rubans de son chapeau et qu'elle enlevait le manteau qu'elle portait sur une robe légère, Rocana lui raconta à voix basse ce que Patrick l'avait persuadée de faire.

— Tu prendras ma... place à l'église ! s'exclama Caroline. Je ne puis le croire !

— Patrick dit qu'il a besoin de ce laps de temps minimum pour t'épouser et atteindre la côte.

— Alors tu... feras cela pour moi ? demanda Caroline. Tu... épouseras le... marquis ?

— Patrick m'a persuadée que c'était la seule façon possible pour vous de vous échapper.

— Oh ! Rocana, je suis désolée ! Il est horrible et je le déteste ! Plus je le vois et plus j'ai peur de lui !

— Patrick insiste en disant qu'en ce qui me concerne il ne peut pas être plus terrible que tante Sophie.

— Patrick a toujours raison, répliqua Caroline, et si tu épouses réellement le marquis, du fond de mon cœur je te serai reconnaissante tous les jours de ma vie!

— C'est ce que j'ai promis de faire, dit Rocana, et j'espère seulement que ta robe de mariée ne sera pas trop.. serrée pour moi!

Caroline rit, ainsi que le désirait Rocana, parce que toutes deux savaient que Rocana était la plus mince des deux et que Caroline se plaignait toujours que son tour de taille était moins à la mode que le sien.

— J'imagine qu'on s'attend à ce que tu portes le voile de famille? questionna Rocana.

Caroline fit signe que oui.

— Pendant tout le chemin du retour, maman n'arrêtait pas de dire qu'elle espérait que tu aurais assez de bon sens pour le sortir et le suspendre de façon à ce qu'il n'y ait aucun pli.

— C'est ce que j'ai fait, et heureusement la dentelle dissimule parfaitement.

— Et si maman te voit dans la matinée après que je sois partie?

— C'est là où Nounou doit nous aider.

Pendant que Caroline était en bas avec ses parents, Rocana mit la nounou au courant de leur complot.

Bien qu'elle ne l'approuvât pas — elle eût aimé que « son bébé » comme elle appelait Caroline, fasse un grand mariage mondain — elle savait mieux que personne que celle-ci ne pourrait être heureuse qu'avec Patrick.

— Un beau panier de problèmes que je vais

me gagner avec tout ça! dit-elle quand Rocana eut fini de parler.

— Tu sais que Caroline te veut avec elle quand elle rentrera en Angleterre, répliqua Rocana, et je suis sûre que le mieux est que tu te rendes à la nouvelle demeure de M. Fairley et que tu les y attendes.

Puis elle fit part à la nounou de ce qu'elle avait dit à Caroline : Patrick possédait maintenant une très grande maison et une vaste propriété dans le comté d'Oxford que lui avait léguées son oncle, ainsi qu'énormément d'argent.

La nounou fut enchantée de ces nouvelles, alors que Caroline n'y avait attaché que peu d'importance comparé au fait qu'elle allait épouser Patrick le lendemain.

— Nous serons peut-être obligés de rester éloignés de l'Angleterre pendant longtemps, avait-elle murmuré songeuse. Au moins, le temps suffisant pour être certains que papa ne puisse plus obtenir l'annulation du mariage.

— Je ne pense pas qu'il le tente, dit Rocana. Cela aurait pour résultat de nuire à leur réputation en les faisant passer pour des sots.

— Maman voudra me punir de m'être enfuie, et si elle le peut elle cherchera le moyen de nuire à Patrick.

Rocana pensa que tout ceci s'avérerait probablement juste, et que par conséquent tout dépendait du rôle qu'elle devrait jouer si parfaitement. Patrick devait disposer du temps nécessaire pour emmener Caroline hors d'atteinte de ses parents.

Dès l'aube, elle sortit de son lit, fit sa toilette et commença à arranger ses cheveux dans le même style que la coiffure de Caroline. C'était très seyant et bien différent de sa coiffure habituelle.

Cela lui prit un certain temps et elle était encore devant le miroir quand Nounou entra dans la chambre.

— Je pensais bien que vous seriez éveillée, dit-elle. Tout s'est bien passé hier soir ?

— Parfaitement ! répondit Rocana.

Elle raconta à la nounou comment elle avait accompagné Caroline au bas des escaliers de service pendant que les serviteurs dînaient, et qu'elles s'étaient glissées par la porte de derrière pour rejoindre Patrick qui les attendait dissimulé dans les arbustes.

Il avait un nouveau phaéton, acheté — ainsi qu'il l'avait déjà dit à Rocana — en raison de sa vitesse, et un attelage de chevaux très performants qui avaient appartenu à son oncle.

Il y avait avec eux un cocher qui avait pris rapidement des mains de Rocana la boîte à bijoux de Caroline et une mallette contenant des choses qu'elle avait achetées à Londres et qu'elle souhaitait particulièrement montrer à Patrick.

L'une d'elles, Rocana le remarqua avec un sourire, était une ravissante chemise de nuit avec son négligé, tous deux ornés de précieuse dentelle.

— Patrick t'achètera un nouveau trousseau, avait-elle dit à Caroline ; il a déjà avec lui tes plus belles robes dont les domestiques croient qu'elles sont envoyées à un orphelinat !

Caroline avait ri et s'était exclamée :

— Vous êtes tous les deux si intelligents ! Et je suis ravie, ma chère Rocana, que tu aies mon trousseau qui a coûté à maman beaucoup plus d'argent qu'elle n'avait l'intention d'en dépenser !

Il y avait encore assez de lumière dans le ciel quand Patrick avait accueilli Caroline pour que Rocana pût constater leur bonheur. De fait, leurs visages rayonnants semblaient briller comme des étoiles.

Caroline avait jeté ses bras autour de Rocana.

— Merci, chérie ! avait-elle crié. Rien de tout ceci n'aurait pu se faire sans toi, et je prierai toute la nuit pour que tout se passe bien demain matin.

Leur voiture s'était éloignée et Rocana l'avait regardée disparaître dans les ténèbres au bout de l'avenue. Elle était alors rentrée dans le château avec le sentiment que quoi qu'il puisse lui arriver, deux êtres avaient trouvé le bonheur idéal un peu comme dans les contes de fées.

Elle s'était mise au lit et avait essayé de dormir car elle savait que c'était la seule chose raisonnable à faire. Maintenant elle se trouvait au pied du mur !

Avec l'aide de la nounou la précédant pour vérifier qu'il n'y ait personne alentour, elle sortit de sa propre chambre pour pénétrer dans celle de Caroline.

La nounou ferma alors la porte de la chambre de Rocana à clef et l'enleva de la serrure.

— Je vais aller dire à Sa Grâce que vous avez un rhume carabiné, dit-elle, et que vous voulez à tout prix éviter de vous approcher de lady Caroline pour éviter qu'elle ne l'attrape !

— Je pense que c'est judicieux, reconnut Rocana.

Elle se glissa dans le lit de Caroline et la nounou lui dit :

— Je serai de retour dans une demi-heure pour vous apporter une tasse de thé. Je ne crois pas que Sa Grâce soit debout avant au moins une heure, aussi essayez de vous reposer!

C'était plus facile à dire qu'à faire et Rocana resta étendue sans pouvoir dormir, ayant froid et, en fait, tremblant de peur.

Parce que c'était la seule chose qu'elle puisse faire, elle pria Dieu mais aussi son père et sa mère de l'aider.

« Vous avez été si heureux », dit-elle, « et je voudrais moi aussi être heureuse, mais je ne rencontrerai jamais personne ici au château tant que je serai une femme de chambre, ou presque, sous les brimades de tante Sophie. Peut-être que s'il n'est pas possible que je me marie par amour, je pourrai quand même nouer des relations amicales avec le marquis.

Au moins, si nous n'avons rien d'autre, nous avons les chevaux en commun! »

C'était cependant un peu maigre comme réconfort, et elle était consciente de son appréhension quant à ce que dirait le marquis lorsqu'il s'apercevrait qu'il avait été trompé, si tant est qu'elle parvienne à l'instant où il lui mettrait son anneau au doigt.

Elle priait et repassait tout cela dans sa tête quand la nounou revint lui apporter une tasse de thé.

Puis, la nounou tira les rideaux, laissant les persiennes à moitié fermées et elle disposa les vêtements préparés pour le mariage de Caroline afin qu'elle puisse les mettre.

Ainsi que toutes deux l'avaient prévu, environ trois quarts d'heure plus tard la porte s'ouvrit et la duchesse entra dans la chambre.

— Pas encore levée ? dit-elle d'une voix coupante. Il est temps que vous commenciez à vous habiller. Votre futur mari a beaucoup insisté pour que vous ne soyez pas en retard, et ce serait une grave erreur de commencer votre mariage du mauvais pied.

Rocana cependant ne répondit pas. Elle tint simplement un mouchoir devant ses yeux et la duchesse ajouta, fâchée :

— A quel propos pleurez-vous ? Vous allez gâcher l'aspect de votre visage.

La nounou vint rapidement à côté de la duchesse et lui dit :

— J'aimerais parler à Votre Grâce en particulier.

La duchesse fut sur le point de refuser, puis, à contrecœur et avec un dernier regard à sa fille, elle se dirigea vers la porte que la nounou lui ouvrit.

A l'extérieur, dans le couloir, Nounou dit :

— Ne la troublez pas, Votre Grâce. Elle est simplement malheureuse de quitter la maison familiale, mais tout ira bien. Je la ferai descendre à l'heure.

— Pourquoi se comporte-t-elle ainsi ? s'enquit la duchesse.

— Le mariage est un pas dans l'inconnu, Votre Grâce, et Sa Seigneurie a toujours été hypersensible.

La duchesse eut un reniflement de mépris, mais comme elle réalisait que ce que disait la nounou était sensé, elle prit la direction de l'escalier en s'écriant :

— Très bien. Veillez à ce qu'elle soit prête dans une demi-heure et amenez-la dans ma chambre pour que je fixe le diadème sur son voile.

107

— Je pense qu'il vaut mieux que ce soit moi qui le fasse, Votre Grâce. Si elle continue à pleurer autant qu'en ce moment, nous l'aurons au bord de la syncope.

— Je ne l'ai jamais vue se comporter de façon aussi ridicule ! s'exclama la duchesse.

— Quitter sa maison avec un étranger, Votre Grâce, est une épreuve pour n'importe quelle jeune femme, et Sa Seigneurie est à peine plus qu'une enfant.

— Très bien, concéda la duchesse, vous pouvez venir chercher le diadème maintenant, et je vous préviendrai lorsque je partirai pour l'église.

Elle descendit l'escalier comme un navire aux voiles déployées et la nounou la suivit.

Rocana ne fut plus dérangée jusqu'à ce qu'un valet de pied frappe à la porte et lui dise que la duchesse partait pour l'église et que Sa Seigneurie était attendue en bas dans le hall dans cinq minutes.

— Je ferai en sorte qu'elle ne soit pas en retard, annonça la nounou et le valet de pied lui lança un sourire narquois.

Quand Rocana fut vêtue de la splendide robe de noces choisie pour Caroline et que la nounou eût achevé d'arranger sa coiffure, il eût été difficile de savoir qu'elle n'était pas sa cousine, à moins de voir ses yeux.

Parce qu'elle avait peur, ses yeux étaient violets dans leur profondeur, avec une étrange note mystique en eux qui n'était pas tout à fait anglaise.

Comme Caroline, elle aussi ressemblait à la belle lady Mary Brunt d'après laquelle elles avaient été toutes deux baptisées.

Lady Mary avait épousé son cousin qui était devenu plus tard le huitième comte de Brunt et qui avait fait la guerre sous les ordres de Malborough avec une telle bravoure qu'il avait été créé premier duc de Bruntwick.

Lady Mary était partie pour la France avec son mari et elle avait chevauché à ses côtés sur le champ de bataille.

On disait d'elle que par son intelligence et la rapidité de son esprit une bataille avait pu être remportée contre les Français avant même que Malborough n'intervienne avec des renforts.

Parce qu'elle était une figure légendaire de la famille Brunt, chaque fille du duc régnant, de même que ses fils, recevaient comme premier prénom celui de Mary.

C'est pourquoi si le prénom de Caroline était précédé par celui de Mary, de même, Rocana avait été baptisée Mary Rocana.

Ainsi que Patrick le lui avait fait remarquer, cette particularité faciliterait ses réponses à l'église.

Mais ses yeux pouvaient sans l'ombre d'un doute la trahir pour peu qu'on l'approchât de trop près, et son aura était très différente de celle de Caroline.

Elle n'en était pas consciente, mais sa mère en avait connaissance de même que son père.

« C'est quelque chose qu'elle a hérité de vous, ma chérie », disait Lord Léo à sa femme, « et bien qu'il soit difficile de l'exprimer par des mots, c'est le "pouvoir magique" que j'ai toujours associé avec vous, et aussi quelque chose de spiritualisé que les autres femmes n'ont pas. »

« Comment une fille de vous eût-elle pu ne pas

être une personne exceptionnelle et hors du commun ? », avait tendrement questionné la mère de Rocana.

« Ou la vôtre », avait répliqué Lord Léo.

Mais tandis qu'elle regardait son image dans le miroir, Rocana espérait seulement qu'avec son voile sur le visage et ses yeux baissés — ni son oncle, ni sa tante ou le marquis pourraient soupçonner qu'elle n'était pas Caroline.

— Bon, maintenant ne vous inquiétez de rien, disait Nounou comme elle l'amenait vers la porte. Les gens ne voient que ce qu'ils s'attendent à voir, et ils s'attendent à ne voir rien d'autre que mon bébé sous ce voile.

— Je... j'espère que tu as... raison, remarqua Rocana avec un simple mouvement des lèvres.

La nounou souleva le bout du voile qui traînait derrière sa robe.

Comme le mariage devait avoir lieu en petit comité, la duchesse avait rejeté l'idée d'une traîne qui eût nécessité des demoiselles d'honneur ou des pages pour la porter.

A la place, la ravissante robe blanche formait une sorte de traîne réduite derrière elle, tandis que la dentelle ancienne de Bruxelles descendait en vagues gracieuses jusqu'à terre.

La nounou la tint levée tandis qu'elles descendaient les marches et Rocana résista à l'impulsion de regarder autour d'elle et garda ses yeux fixés sur le sol.

Le duc l'attendait dans le hall, resplendissant avec l'Ordre de la Jarretière lui barrant la poitrine et de nombreuses décorations sur sa jaquette aux longues queues.

— Dépêchez-vous, dépêchez-vous ! dit-il d'une voix brusque tandis que Rocana descendait.

Nous devons être à l'église à neuf heures trente, et il ne nous reste plus que trois minutes pour arriver.

Rocana ne put s'empêcher de penser que cela ferait du bien au marquis d'attendre, mais elle savait que ce serait une erreur de dire quoi que ce soit.

Comme elle atteignait le bas de l'escalier, le duc prit les devants, sortit par la porte principale et descendit les marches au bas desquelles attendait une voiture fermée.

Le harnachement des chevaux était orné de guirlandes de fleurs blanches et le cocher avait attaché à son fouet un nœud de satin blanc.

Le duc monta le premier, de sorte qu'il était assis sur le siège le plus éloigné et la nounou fit toute une histoire pour arranger le voile à l'intérieur de la voiture.

Quand elle eût terminé, le valet de pied déposa un bouquet qui avait été préparé par les jardiniers, sur le siège qui leur était opposé.

La voiture s'ébranla et tandis que Rocana était assise la tête penchée, le duc dit d'un ton éprouvé :

— Toujours se précipiter, toujours, toujours ! Typique des jeunes gens d'aujourd'hui ! J'eusse aimé, Caroline, ma chère, que votre mariage se fasse selon les traditions d'autrefois avec un lunch correct après la cérémonie.

Il fit une pause avant de poursuivre :

— Mais je n'ai pas été consulté ! Votre mère s'est occupée de tout avec votre futur mari, et si vous me demandez ce que j'en pense, je dirai que tout est parfaitement inutile !

Puis, comme s'il pensait qu'il devrait avoir une conversation plus intime avec sa fille, il dit :

111

— Vous me manquerez, Caroline. Vous avez été une bonne fille. Mais je ne vais pas prétendre que le fait que vous épousiez un homme qui jouit d'une position aussi importante et qui est si abondamment pourvu des biens de ce monde me déplaise. En même temps, Quorn est un homme difficile et j'ose dire qu'il sera un mari difficile !

Le duc reprit son souffle avant de poursuivre :

— Néanmoins, c'est un gentleman, et il fera ce qu'il convient vous concernant. Si vous suivez mon conseil, vous vous garderez bien de vous mêler de sa vie privée. Tous les jeunes gens ont besoin de faire des fredaines et Quorn peut certainement se targuer d'une riche moisson en ce genre de domaine.

Le duc émit un petit rire sur la plaisanterie qu'il venait de faire, puis pensant que ce n'était peut-être pas très approprié, il continua :

— Bien, nous arrivons, et contentez-vous de faire ce qu'il vous demande, et pas de larmes. Aucun homme n'aime une femme qui pleure !

Comme il terminait de parler, la porte de la voiture s'ouvrit et le valet de pied sauta de son siège pour venir les aider à descendre.

Rocana ne se pressa pas. Elle prit le bouquet que lui tendait le laquais, puis tendit la main pour la poser sur le bras de son oncle.

Ils avaient quelques pas à faire en remontant le sentier qui menait à l'église pour atteindre le porche où les attendaient des gens du village qui formaient une haie.

Rocana ne leva pas les yeux, mais elle pouvait entendre leurs exclamations admiratives sur sa beauté, et ceux qui étaient devant disaient, tandis qu'elle passait :

« Bonne chance, Not' Dame ! » « Dieu vous bénisse, petite chérie ! » « Soyez très heureuse ! »

Elle n'osa pas les regarder, mais inclina seulement la tête pour montrer qu'elle était touchée de leurs bons vœux.

Au moment de franchir le porche, elle put entendre l'orgue qui jouait doucement.

Le duc s'arrêta un moment. Puis, comme s'il pensait qu'il n'y avait aucune raison d'attendre, il la conduisit dans l'allée centrale.

Le mariage avait été organisé avec une telle précipitation que Rocana était consciente que les seules personnes présentes étaient celles de leur parenté vivant dans les environs et quelques amis et voisins sur les bancs proches du chœur.

Elle pouvait entendre le bruissement qu'ils faisaient en se retournant pour la regarder approcher au bras du duc.

Bien qu'elle ne se permît pas le moindre regard sous ses cils baissés, elle savait que le marquis l'attendait au bas des marches conduisant au chœur.

L'espace d'un instant, l'idée lui vint tout d'un coup qu'elle était en train de faire une erreur terrible en s'attachant irrévocablement à un homme qu'elle ne connaissait pas et dont tout le monde avait peur.

« Je suis folle ! » pensa-t-elle, et elle se demanda si elle devrait fuir au dernier moment.

Elle se vit soudain fendant la nef en sens inverse, jetant son bouquet par terre.

Puis, comme en une sorte de tableau, dans sa tête, elle vit le château lui ouvrant ses portes pour la retenir à jamais prisonnière. Une fois les portes refermées sur elle, la lumière extérieure ne parviendrait plus jamais jusqu'à elle et elle serait cloîtrée comme une religieuse.

« Même le marquis vaut mieux que cela ! » pensa-t-elle, puis elle réalisa qu'elle était debout à côté de lui.

Le prêtre était le vicaire de la paroisse parce que le mariage n'étant pas un grand mariage, la duchesse n'avait pas voulu — comme elle l'aurait fait normalement — demander à l'évêque de célébrer la cérémonie.

Il commença le service et, elle ne sut comment, Rocana parvint à se souvenir du moment exact où elle devait se séparer de son bouquet.

Comme elle donnait sa main gauche au marquis, elle sentit la force de ses doigts et sut que les vibrations émanant de lui étaient aussi puissantes et irrésistibles qu'elle pressentait que serait tout contact avec lui.

« Il est effrayant... très effrayant ! » fut la seule chose à laquelle elle put penser tandis qu'ils échangeaient les réponses qui faisaient d'eux mari et femme.

« Moi, Titus Alexander Mark », était-il en train de dire, « te prends toi, Mary Caroline, pour ma légitime épouse, maintenant et toujours... »

Rocana pouvait entendre sa voix, ferme et autoritaire résonner dans le silence de l'Église.

Puis le prêtre se tourna vers elle.

Parce qu'elle ne voulait donner au duc aucun motif éventuel d'annuler le mariage, elle avait décidé de parler d'une voix à peine audible.

« Moi, Mary Caroline, te prends... », commença le prêtre.

Après une pause perceptible et avec un chuchotement hésitant, Rocana lui fit écho :

« Moi... Mary... »

114

Elle trébucha sur les mots suivants, de sorte que cela devint totalement incohérent, et poursuivit à voix un peu plus haute :

« ... te prends... Titus Alexander Mark pour mon légitime... époux... »

Puis l'anneau nuptial fut à son doigt, et elle comprit que c'était fait.

Elle était mariée et, comme le disait le prêtre, personne n'avait le pouvoir de les désunir.

Le registre, vraisemblablement par ordre du marquis et afin de ne pas perdre de temps, était prêt dans le chœur.

Comme le marquis le signait, Rocana rejeta son voile en arrière, mais en disposa les pans autour d'elle et pencha sa tête si bas qu'elle espéra qu'il serait impossible à quiconque de voir son visage, en particulier à cause du grand diadème de diamants qui scintillait au-dessus.

Ensuite, elle descendit l'allée centrale appuyée au bras de son mari, la tête toujours penchée et les yeux baissés, au son de la Marche Nuptiale jouée très fort, mais pas très bien, à l'orgue.

Comme ils atteignaient le porche, une pluie de pétales de roses et de riz les accueillit, et le marquis hâta légèrement le pas, de sorte que Rocana s'aperçut que la dentelle de son voile s'accrochait au gravier du sentier.

Ils rejoignirent néanmoins la voiture, pour trouver, chose à laquelle elle ne s'était pas attendue, qu'elle avait été découverte pendant qu'ils se trouvaient à l'intérieur de l'église. Ce n'est que lorsqu'ils commencèrent à s'éloigner qu'elle découvrit que c'était en fait un cadeau du ciel. Depuis que la cérémonie à l'église avait commencé, beaucoup d'autres gens étaient arrivés du village pour s'aligner tout au long du chemin de retour au château et jeter à leur passage des fleurs et du riz à l'intérieur de la voiture.

Cela voulait dire que toute conversation était inutile. Rocana se détourna du marquis pour faire des gestes de la main à ceux qui les saluaient, tout en conservant la tête penchée au cas où ils remarqueraient, ce que personne n'avait encore fait, qu'elle n'était pas Caroline.

Quand les chevaux s'arrêtèrent devant la porte principale, la nounou attendait pour soulever l'arrière de son voile et l'aider à se hâter jusqu'en haut des marches.

C'est seulement en arrivant dans sa chambre que Rocana réalisa qu'elle et le marquis n'avaient pas échangé une seule parole depuis qu'ils étaient devenus mari et femme.

— Tout s'est bien passé? questionna la nounou aussitôt que la porte se fût refermée derrière Rocana. Elle tendit sa main sur laquelle l'anneau d'or nuptial brillait à son troisième doigt.

— Dieu merci! s'exclama la nounou. J'ai prié pour que personne ne devine que vous n'étiez pas celle qu'ils pensaient.

— Maintenant, il va falloir que je prenne congé sans que tante Sophie découvre la supercherie, répliqua Rocana.

— Je doute qu'elle monte, dit la nounou, mais faites vite, et j'ai abaissé la dentelle qui orne votre chapeau à brides.

La nuit précédente, quand la nounou avait déballé le trousseau de voyage prévu pour Caroline, elle et Rocana avaient découvert le chapeau à haut bord, à la dernière mode, bordé d'un rang de dentelle qui faisait presque fonction de voile.

C'était très séduisant et, pensait Rocana, très

fascinant. Elle savait aussi que cela l'aiderait à dissimuler son visage, en particulier si elle conservait la tête penchée.

Il était heureux que ni elle ni Caroline ne soient grandes. De fait, elles ne mesuraient toutes deux pas plus d'un mètre soixante, et dans ses pantoufles basses elle s'était rendue compte que, debout à côté du marquis, sa tête n'arrivait qu'à la hauteur de son épaule.

— Je dois faire en sorte de ne partir qu'à la toute dernière minute, dit-elle à la nounou.

— Il ne devrait pas y avoir de difficultés puisque Sa Seigneurie est tellement pressé de s'en aller, répondit la nounou.

Rocana espéra qu'elle avait raison, et elle se hâta d'échanger les vêtements qu'elle portait contre une élégante robe de voyage bleu-pâle assortie d'un manteau de même couleur, espérant que la duchesse n'apparaîtrait pas.

Ses souhaits furent exaucés car ce fut un valet de pied qui frappa à la porte pour dire :

— Les compliments de Sa Seigneurie, M'Lady. Il serait heureux de pouvoir partir dans quelques minutes.

La nounou répondit :

— Très bien. Pouvez-vous porter en haut une coupe de champagne pour Sa Seigneurie ainsi qu'une tranche de gâteau de mariage ? Elle n'aura pas le temps de se joindre aux autres dans la salle des banquets.

A nouveau, en raison de la hâte avec laquelle le mariage devait s'effectuer, la salle de bal n'avait pas été ouverte comme il était traditionnel de le faire pour ce genre de réception.

En fait, Rocana était certaine que les invités au mariage étaient si peu nombreux que même la salle à manger semblerait trop vaste. Elle savait qu'il était de toute façon impossible qu'elle s'y rende, et quand le champagne fut apporté, elle y trempa les lèvres.

Elle ne put parvenir à manger quoi que ce soit parce qu'elle se sentait malade de nervosité. Elle était cependant tout à fait prête, et la nounou, pensant que la duchesse monterait peut-être, avait à nouveau tiré les persiennes.

— Voici votre mouchoir, petite chérie, dit la nounou, et si Sa Grâce fait une apparition, je lui dirai que vous avez eu une nouvelle crise de larmes.

— C'est ce que je sens que j'aimerais faire, répondit Rocana.

— Sous aucun prétexte ! dit la nounou. Il faut que vous ayez tous vos esprits ! Rappelez-vous que plus vous serez loin quand il découvrira qui vous êtes, et mieux ce sera pour mon bébé.

— Je ne l'ai pas oublié, dit Rocana avec un sourire. Mais je n'envisage pas avec plaisir le moment où il m'accusera d'être une menteuse et, peut-être bien un escroc !

Tandis qu'elle parlait, elle s'aperçut que la nounou ne l'écoutait pas, mais concentrait seulement son attention sur l'aide apportée à Caroline, qui remplissait à elle seule la totalité de son univers.

Rocana ressentit tout à coup de la peine pour cette vieille femme qui allait supporter seule l'inévitable fureur de la duchesse. Puis elle se souvint que la nounou pouvait partir et aller dans la nouvelle demeure de Caroline, tandis que si elle avait été percée à jour, elle aurait été obligée de rester et d'endurer des récriminations et des accusations pendant le reste de sa vie.

On frappa à nouveau à la porte.

— Sa Seigneurie est dans le hall, M'Lady, annonça un valet de pied, et il dit que ses chevaux sont en train de devenir nerveux!

Rocana eut un petit rire.

— Et ça c'est plus important que tout au monde! chuchota-t-elle à la nounou.

— Sa Seigneurie arrive tout de suite, dit la nounou au valet de pied. Soyez gentil de suggérer à Sa Seigneurie qu'il monte dans le phaéton. Elle voudrait éviter d'être troublée par de longs adieux.

Le valet de pied eut l'air surpris, mais il se précipita en bas pour transmettre le message.

Rocana attendit encore jusqu'à ce qu'elle soit à peu près certaine qu'impatient, et sans doute irrité par l'attente, le marquis éprouve de réelles difficultés à contrôler ses chevaux.

Elle s'aperçut que c'était en fait le cas quand, arrivant au sommet de l'escalier, elle vit son oncle et sa tante sur le seuil de la porte, tandis que le reste des invités s'était regroupé à l'extérieur, sur les marches.

Comme elle descendait, elle vit que le marquis, sans aucun doute exaspéré, était déjà monté dans le phaéton et que les postillons étaient près des chevaux de tête, lesquels étaient de plus en plus nerveux.

Rocana s'engagea dans le hall, puis elle se dirigea vers son oncle. Dans un effort pour l'embrasser par-dessous son chapeau il courba la tête, mais elle, tenant un mouchoir serré sur ses yeux, se retourna vers sa tante.

— Au revoir, ma chère enfant, dit la duchesse, et arrêtez de pleurer! Cela ne correspond à rien.

Rocana n'essaya pas de répondre mais se

contenta de descendre rapidement les marches sous une pluie de pétales de roses et de riz.

Quelqu'un l'aida à s'installer dans le phaéton, et sous les acclamations des invités rassemblés sur les marches, les postillons s'écartèrent des chevaux de tête. Ils partirent.

Le marquis passa le pont sur le lac et s'engagea dans l'avenue à une vitesse telle que la poussière formait des volutes et comme une sorte de nuage derrière eux.

Rocana s'installa confortablement, tout en pensant que c'était une chance qu'il fasse aussi beau et qu'ils ne soient pas obligés d'être confinés à l'intérieur d'une voiture fermée.

Elle savait que cela eût précipité l'instant inévitable où le marquis découvrirait qu'il avait épousé une étrangère.

Puis, comme ils franchissaient les énormes grilles ouvertes sur la route poussiéreuse, elle pensa avec un soulagement de tout son cœur qu'elle avait réussi !

Cela semblait incroyable, mais personne n'avait suspecté le moins du monde, fût-ce un instant, qu'elle n'était pas Caroline !

La matinée était maintenant avancée, et un certain temps pouvait encore passer avant que le marquis prenne connaissance de la vérité et apprenne par la même occasion que Caroline était avec Patrick. Même à ce moment-là, personne ne pourrait avoir la moindre idée sur l'endroit où ils pourraient se trouver.

Cela donna à Rocana une telle sensation de triomphe qu'elle se sentit tout soudainement comme si elle vivait pour la première fois et que tout autour d'elle avait cette qualité de fraîcheur et de verte jeunesse.

De fait, le soleil brillait et alors que c'était un très bon signe le jour du mariage de Caroline, elle espérait qu'un peu de cette chance rejaillirait sur elle.

Elle était néanmoins consciente que le dernier obstacle restait encore à franchir et qu'il était probable que ce serait non seulement difficile mais peut-être même dangereux.

Dans l'immédiat, il y avait cependant peu de risques que le marquis l'observe de plus près, et ils avaient déjà parcouru un assez long chemin quand il dit :

— Je suppose que je devrais vous présenter mes excuses pour mon insistance à tout précipiter. Cela aurait du reste facilité les choses si votre mère avait accepté ma suggestion qui était de nous marier hier.

— Je suis tout à fait... satisfaite des choses... telles qu'elles sont, répondit Rocana doucement, espérant qu'il ne s'apercevrait pas que sa voix était différente de celle de sa cousine.

— Je me demande si c'est vrai, dit le marquis d'un air caustique ; je croyais que toutes les femmes souhaitaient se marier entourées d'un grand nombre de demoiselles d'honneur et avec une énorme réception ensuite.

— C'est peut-être ce à quoi elles s'attendent, répondit Rocana, mais j'ai toujours pensé que cela... pouvait s'avérer... être une déception.

— Déception ? demanda-t-il avec curiosité.

— Je pense que l'on serait toujours conscient de ce que la plupart des femmes dans l'assistance, quand on épouse quelqu'un comme vous, seraient jalouses ou... envieuses.

Elle parlait comme elle aurait pu parler à son père quand dans une sorte de joute verbale chacun essayait de surpasser l'autre et si possible d'être amusant.

Pendant un moment, le marquis ne répondit pas. Puis il dit :

— Je n'avais jamais envisagé cela du point de vue féminin. En ce qui me concerne, je n'aime pas serrer des mains pendant des heures, et devoir écouter une série de discours ennuyeux excepté quand je dois en faire un moi-même.

Rocana rit.

— Mais sûrement ce qualificatif ne saurait s'appliquer à Votre Seigneurie ?

Elle pensa tout en parlant qu'elle devait sembler un peu sarcastique et elle s'aperçut que le marquis avait tourné la tête pour la regarder.

Heureusement que son chapeau empêchait absolument tout aperçu sur son visage, mais elle se dit en son for intérieur qu'elle devrait être plus prudente.

Cependant, un petit démon assis sur son épaule lui chuchota que comme il y aurait bientôt et sans l'ombre d'un doute un affrontement épouvantable, elle n'avait pas grand-chose à craindre.

Depuis qu'elle était venue habiter le château, elle n'avait jamais eu la possibilité d'avoir une conversation intelligente avec quelqu'un, aussi était-elle nostalgique de l'époque où elle et sa mère parlaient ensemble de tant de sujets profonds et importants.

Mais lui manquaient surtout les moments où elle riait avec son père, s'affrontant avec lui en des duels de mots.

Parce qu'elle savait qu'il n'aimait pas les femmes sottes et avait toujours déclaré qu'elles l'ennuyaient excessivement, elle essayait de penser à des sujets qu'elle savait l'intéresser.

Avec le marquis elle sentait qu'elle pouvait au moins être provocante et elle dit :

— Comme il est probable que ni vous ni moi nous marierons à nouveau, essayons peut-être de réussir ce mariage dans la mesure du possible ou peut-être n'est-ce pas le mot qui convient... en ce qui vous... concerne.

Elle fut consciente de ce qu'à nouveau le marquis était surpris.

— Pourquoi pensez-vous cela ? demanda-t-il.

— Parce que j'ai entendu dire quand j'étais à Londres que vous n'aviez aucun désir de vous marier, et qu'on vous nommait "l'Insaisissable marquis" !

Il y eut un moment de silence. Puis il rit.

— Je n'avais jamais entendu cela avant.

Ce qui n'était pas surprenant, pensa Rocana, car elle venait à l'instant d'inventer la phrase.

— Pensez-vous que cette affirmation corresponde à ce que vous étiez et à ce que vous voulez être ?

A nouveau, elle se rendit compte qu'il la regardait avant de répondre :

— Je ne reconnais rien de la sorte ! Quand je vous ai demandé de m'épouser, j'étais naturellement désireux que vous acceptiez.

— Je suis très flattée, dit Rocana, mais je suggérerais qu'il ne s'agissait pas d'un amour « coup de foudre » dont les poètes font le panégyrique.

Elle fit une pause et ajouta :

— Je crois que c'est Marlowe qui a écrit :

« Qui a jamais aimé qui n'aima pas de prime abord ? »

Le marquis parut se concentrer sur ses chevaux et, au bout d'un moment, elle poursuivit :

— Nous nous sommes d'abord rencontrés à

l'Almack, et pendant que nous dansions ensemble j'ai eu l'impression que vous... regrettiez de perdre votre temps avec une... débutante.

Elle se souvenait que c'était ce que Caroline lui avait raconté, et elle pensait que si cela embarrassait le marquis il l'avait certes mérité.

Plus elle y pensait, et plus elle trouvait que la façon dont il avait insisté pour que ce mariage ait lieu dans une telle précipitation était une insulte. Et si elle avait désiré accueillir les quelques amis qui étaient venus au mariage ou faire de longs et tendres adieux à ses parents, il avait rendu cela impossible.

« Il est peut-être effrayant », se dit-elle, « mais il est aussi affreusement égoïste et dépourvu de toute considération. »

En un sens, cette pensée rendait les choses plus faciles et elle se sentait moins effrayée qu'elle ne l'avait été auparavant. Elle se disait aussi que si Caroline avait été là en cet instant présent, elle eût été tremblante et terriblement craintive de l'homme qu'elle avait épousé.

« Je n'aurai pas peur de lui si je peux faire autrement ! » se dit Rocana. « Si je l'ai abusé, c'est qu'il le méritait ! Et je ne crois pas un seul instant qu'il ait pensé à son épouse comme à une femme qui voudrait être aimée. »

Ils roulaient maintenant à toute allure sur une partie de la route en ligne droite et il était par conséquent difficile de parler.

Rocana était contente que son chapeau s'adapte étroitement à sa tête et ne risque donc pas d'être emporté par le vent.

En même temps, la poussière était désagréable, et elle se demanda ce que dirait le marquis si elle le priait d'aller plus doucement.

Mais c'est seulement quand la route commença à être sinueuse et qu'il fut forcé de ralentir qu'elle dit :

— Vous ne m'avez pas encore dit pourquoi vous êtes tellement pressé d'arriver en France. Il doit s'agir de quelque chose de la plus haute... importance.

— C'est exact ! dit le marquis brièvement.

Il ne semblait pas désirer en dire davantage, et Rocana se demanda si cela concernait une certaine dame aux cheveux roux et aux yeux verts.

Ou peut-être, et ce ne serait pas surprenant, une autre tout à fait différente.

CHAPITRE CINQ

Rocana remua et réalisa que quelqu'un tirait les rideaux.

Elle ouvrit les yeux et n'eut aucune idée du lieu où elle se trouvait.

Elle réalisa soudainement qu'elle était sur le yacht du marquis et que le navire était pour l'instant immobile.

Puis, comme le valet qui avait pris soin d'elle la nuit précédente écartait les rideaux du dernier hublot et se tournait, Rocana s'exclama :

— C'est le matin !

— Oui, M'Lady, et vous avez dormi toute la nuit.

Rocana regarda longuement autour d'elle la cabine, ayant du mal à croire que ce qu'il avait dit était vrai.

Puis la mémoire lui revint.

Il semblait incroyable qu'elle ait à peine échangé plus de quelques mots avec le marquis depuis le moment où ils avaient atteint la grand-route. Ils avaient voyagé à ce qu'elle estimait être une vitesse fantastique pendant plus de deux heures après avoir quitté le château, puis ils s'étaient arrêtés dans la cour d'un relais de poste de vastes dimensions.

— Nous resterons ici pendant exactement douze minutes, avait dit le marquis.

Rocana pensa qu'il y avait plus d'une heure qu'il lui avait parlé et qu'il n'avait pas répondu à sa question.

Elle descendit du phaéton et trouva le patron qui attendait pour la conduire au pied des escaliers où une femme de chambre, en charlotte, l'escorta jusqu'à une grande chambre à coucher.

Une seconde femme de chambre l'y attendait, et tandis qu'elle lavait la poussière de son visage et de ses mains elles prirent soin de son manteau et enlevèrent ce qui semblait être une anormale quantité de poussière sur son chapeau.

Elle fit aussi vite qu'elle le put, mais quand elle redescendit et fut conduite à un petit salon privé elle y trouva un seul serviteur pour s'occuper d'elle dont elle présuma qu'il appartenait au marquis.

— Les compliments de Sa Seigneurie, M'Lady, dit cet homme, il a déjeuné et il est allé voir ses chevaux.

Il apporta à Rocana un plat de délicieux rôti de canard froid et une coupe de champagne qu'elle but avec gratitude car elle avait soif.

Elle se rendit compte que les douze minutes qui lui avait été accordées étaient largement dépassées et se hâta de sortir pour trouver le marquis déjà installé dans le phaéton, tenant les rênes du nouvel attelage de chevaux.

Quand ils atteignirent les faubourgs de Douvres, tard dans la soirée, elle réalisa à quel point était extraordinaire le sens de l'organisation du marquis.

Depuis le déjeuner, ils avaient changé deux fois de chevaux, et dans chaque endroit où le marquis lui accordait cinq minutes de répit l'attendaient une coupe de champagne et une légère collation.

Cela avait été ce que le duc aurait appelé « course et précipitation » tout au long du chemin, mais c'était une source de joie pour Rocana car elle savait que chaque minute écoulée sans que le marquis ait remis en cause son identité voulait dire que Caroline et Patrick s'éloignaient encore davantage du château, assurant ainsi leur sauvegarde.

Lorsqu'ils entrèrent dans Douvres et descendirent vers le port, elle vit, tandis que le marquis arrêtait ses chevaux, son yacht qui était à quai et en fut très impressionnée.

Il était beaucoup plus grand qu'elle ne s'y attendait.

Aussitôt qu'ils furent montés sur l'appontement où le capitaine les attendait pour les accueillir à bord, le marquis, après lui avoir serré la main, demanda sans transition :

— Les bagages sont-ils arrivés ?

— Depuis une demi-heure, M'Lord !

— Bien ! Alors mettez à la voile, capitaine Bateson.

— Très bien, M'Lord !

Tandis que les deux hommes parlaient, un petit personnage dont Rocana devait apprendre plus tard qu'il était le valet du marquis, lui demanda de descendre dans la partie inférieure.

Elle le suivit et il l'introduisit à l'intérieur d'une cabine spacieuse et très confortable où se trouvait déjà l'une de ses malles, ouverte.

Elle vit qu'une robe du soir avait été sortie et déposée à côté de ses affaires de nuit.

— J'ai pensé qu'après toute cette poussière

sur la route, dit le valet, Votre Seigneurie aimerait prendre un bain.

— Je vous remercie beaucoup, répondit
Rocana.

Elle avait effectivement grande envie d'un
bain et savait que c'était un luxe insigne d'en
avoir un sur un navire.

Elle devina qu'on lui avait donné la meilleure
cabine, celle qui était occupée normalement par
le marquis, et la pensée traversa son esprit qu'il
avait peut-être l'intention de la partager avec
elle. Comme il s'agissait là de quelque chose
qu'elle n'avait nullement l'intention de faire, elle
pensa, non sans appréhension, que le moment
était venu de lui faire face en lui révélant la
vérité.

Cependant elle s'attarda longtemps dans le
bain réfléchissant que si elle le faisait attendre il
ne pourrait rien faire puisqu'ils se trouvaient
déjà en haute mer.

Elle avait entendu tirer l'ancre et savait que
les voiles ondulaient dans le vent. Il était aisé de
deviner que le yacht appartenant au marquis
devait être construit pour la vitesse.

Quand Rocana passa de la salle de bains dans
sa chambre et vit sa robe du soir sur le lit, elle
se sentit prise d'un étourdissement. Elle n'avait
pas dormi la nuit précédente et ne s'adaptait pas
encore très bien au roulis du yacht.

« Je vais me reposer quelques instants, » se
dit-elle.

Le lit était très confortable, sa tête parut
s'enfoncer dans la douceur de l'oreiller comme
dans un nuage, et elle sombra...

A présent, assise dans le lit, Rocana demanda :

— Avons-nous traversé la Manche ?

— Plus rapidement que Sa Seigneurie ne l'a jamais fait, M'Lady, dit le valet avec orgueil, et Sa Seigneurie m'a demandé de transmettre à Votre Seigneurie ses compliments et de lui dire que si cela est possible il aimerait partir dans une heure.

Le valet se dirigeait vers la porte tout en parlant et il ajouta :

— Je vais chercher le petit déjeuner de Votre Seigneurie.

Le steward attendait probablement derrière la porte, car le valet revint immédiatement et disposa un plateau sur le lit à côté d'elle. Elle s'aperçut qu'elle avait faim, et elle se demanda en même temps ce qu'avait pensé le marquis quand il ne l'avait pas vue apparaître pour dîner. Elle avait en effet dormi comme une masse toute la nuit.

Tandis qu'elle mangeait, elle pensa que certainement le voyage d'aujourd'hui se ferait avec la même précipitation que celui de la veille et elle était sûre d'une chose : le marquis ne souhaiterait pas retarder son départ pour Paris par une longue conversation avec elle, chose qui deviendrait inévitable une fois qu'il se serait aperçu qu'elle n'était pas Caroline.

« Il vaudra mieux l'affronter après notre arrivée à Paris, » pensa-t-elle.

Elle avait eu raison de penser que la précipitation se répéterait, et quand elle monta sur le pont, le marquis se trouvait déjà sur le quai avec un autre phaéton attelé à de nouveaux chevaux.

Elle devait apprendre par la suite qu'il avait envoyé ses propres chevaux et cochers en avance plusieurs jours auparavant et que les bagages avaient été enlevés aussitôt qu'ils avaient accosté.

La malle qui s'était trouvée dans sa cabine avait été enlevée si silencieusement qu'elle n'avait pas été dérangée et le valet lui avait laissé les vêtements qu'elle avait portés le jour précédent, ainsi qu'une écharpe de mousseline.

— J'ai pensé que Votre Seigneurie en aurait l'usage, dit-il. Il y a davantage de poussière sur les routes françaises que sur les nôtres, et le vent souffle plus fort.

Rocana le remercia, et noua l'écharpe de soie par-dessus son chapeau, sous son menton, ce qui contribuait à dissimuler encore mieux son visage. Elle se réjouit que tout se passait aussi bien.

C'est en voyant le miroitement de l'or de son anneau nuptial qu'elle se demanda si tout cela pouvait être réellement vrai. N'était-elle pas immergée dans un rêve étrange dont elle ne parvenait pas à s'éveiller?

Les routes qui menaient à Paris, après qu'ils eurent quitté une partie sinueuse à l'extérieur de Calais, étaient droites, et il y avait beaucoup moins de circulation qu'en Angleterre.

Les chevaux du marquis étaient reposés et couvrirent les deux premières heures en un temps record. Ils bénéficièrent ensuite de la même organisation que la veille.

Un déjeuner rapide, à midi, que le marquis prit avant qu'elle ne soit descendue, là où ils changeaient de chevaux, il y avait toujours du champagne et un délicieux croissant ou quelque patisserie qui mettait l'eau à la bouche.

Il était à nouveau impossible de soutenir une conversation car le marquis était concentré sur ses chevaux et le vent semblait disperser les mots qui sortaient des lèvres de Rocana.

C'est seulement lorsqu'ils atteignirent les faubourgs de Paris et qu'elle eut un premier aperçu des hautes maisons avec leurs volets gris qu'elle réalisa qu'elle était très fatiguée.

Elle se dit que si elle devait avoir une explication le soir-même avec le marquis, elle serait trop lasse pour avoir tous ses esprits, surtout s'il se mettait en colère ! Elle éclaterait probablement en sanglots.

« Je ne lui dirai rien ce soir, » pensait-elle, « pour la simple raison qu'il est inhumain ! »

Elle savait que Caroline n'aurait jamais supporté les contraintes du voyage aussi bien qu'elle l'avait fait, et plus elle pensait à la façon arbitraire dont il avait insisté pour se marier avec une telle précipitation, plus elle le ressentait comme une insulte.

Les femmes sont des êtres humains et la plupart d'entre elles se seraient attendu à ce que le marquis fasse au moins semblant d'éprouver une sorte d'affection pour celle qui portait désormais son nom.

« C'est inhumain de sa part d'être aussi égoïste, et totalement cruel ! » décida Rocana.

Elle était déterminée à lui faire prendre conscience d'une façon ou d'une autre de ses manquements quand il l'accuserait des siens. Mais pas ce soir. Ce serait vraiment trop !

Ils traversèrent un enchevêtrement de petites ruelles, puis débouchèrent sur des rues plus importantes qui indiquèrent à Rocana qu'ils approchaient du centre de la ville.

Le marquis engagea les chevaux dans la cour d'honneur de ce qui était la demeure la plus magnifique qu'elle eût jamais vue, et sortant sa montre en or de son gilet, il dit sur un ton de satisfaction :

— Onze heures, dix minutes !

D'une voix qui ne ressemblait pas à la sienne, Rocana, parce qu'elle était curieuse, réussit à demander :

— Quel est le record français ?

— Douze heures !

Cela ne faisait aucun doute qu'il était enchanté de lui-même ! Comme Rocana posait le pied sur le pavage, elle sentit ses jambes vaciller.

Dans le vestibule, un serviteur revêtu d'une somptueuse livrée, et qui devait être le major-dome, lui souhaita la bienvenue à Paris. Il la conduisit ensuite en haut d'un magnifique escalier d'ébène sculpté et enrichi de dorures, puis, empruntant un corridor orné de très beaux tableaux, ils parvinrent à ce que Rocana devina être une chambre d'apparat.

— Cette demeure appartient-elle au marquis ? demanda-t-elle.

— Sa Seigneurie l'a achetée il y a trois ans au duc de Gréville, madame, répondit le major-dome, et maintenant nous sommes très honorés d'avoir Mi'Lor pour maître.

La chambre à coucher avait un aspect très romantique avec son plafond peint et ses incrustations blanc et or sur les murs aux panneaux tapissés de damas de soie bleu Boucher.

Rocana pensa que c'était un décor parfait pour sa blondeur.

Mais elle se sentait si fatiguée qu'elle savait qu'elle aurait dormi aussi bien dans une meule de foin que dans l'immense lit en bois sculpté et doré tendu de satin qui se trouvait dans une alcôve.

— Voici votre femme de chambre, madame, disait le majordome.

Une jeune femme se détourna de la penderie où elle avait suspendu les robes de Caroline qui venaient d'être sorties de l'une de ses malles, et fit la révérence.

— Elle s'appelle Marie, poursuivit-il, et j'espère qu'elle donnera à Votre Seigneurie toute satisfaction.

— J'en suis certaine, répondit Rocana, et comme je suis très fatiguée, Marie, je souhaiterais me mettre au lit sans attendre.

Elle s'exprimait en français et Marie s'exclama :

— Milady parle notre langue comme une parisienne !

— Merci, répondit Rocana.

Elle faillit ajouter qu'elle était à moitié française, mais elle se ravisa, pensant que c'était une information qui, si elle atteignait les oreilles du marquis, ne manquerait pas de le surprendre.

A la place, elle dit au majordome :

— Je vous prie d'exprimer à monsieur le marquis mon regret de ne pouvoir dîner avec lui ce soir, mais ce voyage a été fort long et je suis extrêmement fatiguée !

— Je suis sûr que monsieur le marquis le comprendra, répondit le majordome.

Il sortit de la pièce. Malgré le plaisir qu'elle avait de s'exprimer dans la langue de sa mère, au cœur de Paris, comme si souvent elle l'avait désiré, Rocana laissa Marie la déshabiller en silence et se coucha.

Elle s'endormit avant que la femme de chambre ne quitte la pièce. On lui apporta un souper un peu plus tard, mais elle se tourna de l'autre côté et continua à dormir.

Tout fut cependant très différent quand Rocana s'éveilla le lendemain matin. Elle savait qu'on s'attendrait à ce qu'elle sonne la femme de chambre au lieu de sauter hors du lit et de tirer elle-même les rideaux.

Quand Marie ouvrit les persiennes, le soleil entra à flots et la pièce parut encore plus belle dans la lumière du jour que la veille au soir.

— Êtes-vous reposée, madame, s'enquit Marie.

— Quelle heure est-il ? demanda Rocana.

— Pas tout à fait midi, madame.

Rocana poussa un petit rire.

— De ma vie je n'ai dormi autant !

Elle savait aussi, tandis qu'elle disait ces mots, que de sa vie elle n'avait enduré un voyage aussi épuisant. Son épuisement s'était accentué par son anxiété et par son appréhension concernant son mariage. Et puis il y avait eu les journées d'énervement qui avaient précédé le retour de Londres de Caroline et son accord final à la folle idée de Patrick d'épouser le marquis.

Il semblait invraisemblable que tout se fût passé exactement en conformité avec leur plan. A présent, Caroline devait être mariée et elle était elle-même une épousée de trois jours !

Marie lui apporta du café, et, tandis qu'elle le dégustait à petites gorgées, Rocana lui demanda après une certaine hésitation :

— Où est monsieur ?

— Monsieur le marquis est sorti, madame, et il m'a demandé de vous dire qu'il lui serait impossible de rentrer avant assez tard dans l'après-midi.

Rocana ne fut pas étonnée, mais elle ne dit rien et Marie poursuivit :

— Il a exprimé l'espoir que Madame se distrairait, et, si besoin est, il y a une voiture disponible.

Poussant un léger soupir, Rocana se rejeta simplement en arrière, contre l'oreiller.

— Je crois que j'aimerais simplement me reposer, dit-elle, et également avoir quelque chose à lire.

— Je vais aller chercher les journaux, madame ; il y a des livres dans le boudoir, si madame veut prendre la peine d'en choisir un.

Aussitôt que Marie eût quitté la chambre, Rocana fit un bond hors de son lit et emprunta la porte dont elle supposait qu'elle communiquait avec le boudoir. Elle ne se trompait pas. C'était une pièce extrêmement belle, décorée d'une façon aussi élaborée que sa chambre, comportant également un plafond peint et des tableaux signés d'artistes célèbres.

Pour sa plus grande joie, il s'y trouvait une bibliothèque en marqueterie, aux portes vitrées, qui contenait un grand nombre d'ouvrages d'écrivains français. Certains étaient des livres dont elle et sa mère avaient entendu parler et discuté mais qui étaient introuvables en Angleterre.

Elle hésita sur celui qu'elle lirait en premier, et choisit finalement trois volumes qu'elle ramena dans sa chambre.

Marie lui apporta son déjeuner qui était bien plus délicieux que tout ce qu'elle avait mangé en Angleterre. Elle reconnut que sa mère avait rai-

136

son en clamant que la nourriture française était la meilleure au monde.

Elle lut tout en mangeant, et c'est seulement assez tard dans l'après-midi qu'elle réalisa qu'elle devrait être levée, habillée et prête à accueillir son mari à son retour.

Elle était sur le point de sonner Marie quand la femme de chambre entra dans la pièce pour lui annoncer :

— Un message de monsieur le marquis, madame, il n'a pu éviter d'être retenu et ne sera pas auprès de vous avant l'heure du dîner. Il vous prie de lui pardonner et espère que vous voudrez bien dîner avec lui à sept heures et demie.

« Voilà qui résout un problème, » pensa Rocana.

Elle n'aurait pas à se changer deux fois, et comme elle n'avait pas envie de penser à ce qui l'attendait, elle se remit à lire.

Marie, cependant, lui avait préparé un bain une heure avant le dîner et vint l'informer à sept heures moins le quart du retour du marquis.

Rocana, un peu cyniquement, se demanda si la dame qui l'avait empêché de rentrer chez lui était aussi attirante que celle aux cheveux roux et aux yeux verts.

Elle se dit que ce genre de pensées n'était pas celui que devrait avoir une jeune mariée.

« Mariée ou pas mariée, » se dit-elle à elle-même, « il s'agit d'une lune de miel particulièrement inhabituelle et originale. »

Elle aurait aimé en rire, mais tandis qu'elle essayait de se persuader que la situation était amusante, quelque chose pesait en elle comme une pierre sur sa poitrine ; elle savait que c'était la peur d'affronter le futur immédiat !

Pour se donner le « courage hollandais » comme aurait dit son père, elle choisit ce qu'elle trouvait être une des plus jolies robes parmi celles que la duchesse avait achetées à Londres. Cette robe était blanche, ce qu'elle pensait parfaitement approprié pour une jeune mariée, et entièrement rebrodée de strass qui scintillait comme des gouttes de rosée. Le bas de celle-ci était également orné de muguet et les mêmes fleurs entouraient ses épaules nues.

La taille très haute, constata Rocana, était encore à la mode, mais les robes n'étaient plus droites et sans forme ; on les portait à présent avec un petit corselet qui faisait paraître la taille encore plus menue qu'elle ne l'était au naturel.

Marie arrangea ses cheveux et insista pour qu'elle porte une petite couronne de faux diamants qui lui donnait un éclat et dessinait comme une sorte de halo.

Rocana se souvint que Caroline possédait une tiare de vrais diamants, et elle se demanda si le marquis s'apercevrait que la sienne n'était qu'une imitation.

Celle qu'elle avait porté le jour de son mariage appartenait à la duchesse et avait naturellement dû être restituée. Elle songea un peu tristement qu'à l'exception de son anneau nuptial elle ne possédait rien qui eût de la valeur.

Si le marquis, dans sa fureur de découvrir qu'il avait été trompé, la jetait dehors, elle se trouverait sans un sou et sans rien qu'elle puisse vendre.

Il était peu probable qu'il fasse une chose pareille car ce serait une cause de scandale.

Si, cependant, il en arrivait là, — et elle était certaine qu'il pouvait être implacable quand cela lui convenait, — elle tenterait de retrouver la famille de sa mère.

Sa mère leur avait écrit après la fin des hostilités et avait envisagé, quand les choses se calmeraient et qu'ils pourraient se le permettre financièrement, d'aller avec son père à Paris.

Rocana s'était trouvée désemparée à la mort de sa mère. Tout ce que contenait la demeure familiale avait été mis par le duc dans un garde-meubles, et elle n'avait pas emporté au château les adresses dont elle savait maintenant qu'elles lui seraient si utiles.

Cela lui parut d'ailleurs un peu absurde de n'avoir pas écrit à sa parenté française.

Une des raisons était que la duchesse lui avait interdit de communiquer avec ce qu'elle continuerait d'appeler « l'ennemi ». Toute lettre à destination de la France aurait été sans l'ombre d'un doute confisquée ou détruite.

« Ils sont quelque part dans Paris », se dit-elle, « et si le pire se réalise je peux essayer de les retrouver. »

Tandis qu'elle descendait lentement l'escalier, elle avait la sensation que cela pourrait effectivement s'avérer nécessaire, parce que « le pire » l'attendait.

Un laquais, revêtu de la splendide livrée qu'elle avait déjà remarquée à son arrivée, l'escorta pour traverser le vestibule dans lequel se trouvait quelques très belles statues, et ouvrit la porte du salon.

Deux immenses chandeliers de cristal dispensaient une lumière chatoyante bien que les rideaux des fenêtres n'aient pas encore été tirés.

Alors que tout semblait vaciller devant ses yeux, Rocana prit conscience que, debout de l'autre côté du salon, d'une élégance qu'elle n'avait jamais vue auparavant, se tenait son mari. Certes, le marquis était imposant et superbe dans sa tenue de cheval et les vêtements qu'il avait portés durant le voyage, mais à présent il paraissait encore plus impressionnant en culottes à la française, tandis que sa lavallière blanche le rendait encore plus grand et impérieux que jamais.

Lentement, parce qu'elle savait que le moment était arrivé de lui révéler la vérité, Rocana s'avança dans sa direction, tenant la tête haute et le menton un peu relevé.

Quand elle fut un peu plus près de lui le marquis dit :

— Bonsoir, Caroline. Je sens que j'ai un grand nombre d'excuses à vous présenter, et j'espère seulement que vous êtes maintenant un peu moins épuisée et disposée à les entendre.

La façon dont il s'exprimait était très agréable, et il se tourna, comme elle arrivait près de lui, vers la table sur laquelle attendait une bouteille de champagne.

— Je pense que ce que nous devrions faire d'abord, poursuivit le marquis sans attendre la réponse de Rocana, est de boire à notre bonheur, — chose que nous avons omis de faire le jour de notre mariage.

Il emplit deux coupes de champagne tandis qu'il parlait et prenant la première la tendit à Rocana. Comme elle s'en emparait, il baissa les yeux et la regarda. Elle le vit se raidir.

Il la regarda fixement jusqu'à ce qu'une expression de profond étonnement apparaisse graduellement dans ses yeux. Alors, d'une voix très différente de celle qu'il avait eue avant, il s'exclama :

— Vous n'êtes pas Caroline !

— Non.

Il y eut un silence avant que le marquis demande :

— Alors qui êtes-vous, et pourquoi êtes-vous ici ?

— Je suis... votre femme.

Le marquis prit une aspiration. Puis avant que Rocana puisse répondre, il s'écria :

— Vous êtes la jeune fille que j'ai rencontrée dans les écuries et qui a maîtrisé Vulcan !

— Oui, je suis... Rocana.

— Et vous dites que vous êtes ma femme ?

— Je... oui.

Le marquis sembla un moment privé de la parole. Puis sa voix jaillit comme un coup de pistolet.

— Que diable se passe-t-il ? Et qu'entendez-vous faire en étant ici à la place de Caroline ?

Les doigts de Rocana se serrèrent sur la coupe de champagne et elle réussit à répondre :

— C... Caroline était... amoureuse de... quelqu'un d'autre.

— Alors pourquoi ne me l'a-t-on pas dit ?

— Sa mère et son père ... tenaient beaucoup à ce qu'elle... vous é... vous épouse.

Le marquis, pour la première fois, détacha son regard de Rocana et ramassa sa coupe de champagne. Il la but comme s'il avait besoin d'être sustenté. Puis il dit :

— Je pense, Rocana, que vous avez un grand nombre de choses à m'expliquer !

— Puis-je... m'asseoir ?

Le marquis fit un geste de la main et Rocana s'assit sur le canapé. Ses jambes tremblaient et elle se sentait incapable de rester debout. Ses mains tremblaient aussi et elle agrippait la coupe de toutes ses forces comme si c'était la bouée qui l'empêcherait de se noyer.

Elle réalisa que le marquis attendait, et au bout d'un moment, elle dit d'une petite voix hésitante :

— Caroline... s'est... enfuie avec l'homme qu'elle... a... aime... et il était essentiel qu'ils aient... le temps... de s'éloigner c'est pourquoi je... j'ai... pris sa place...

— Vous avez pris sa place et vous m'avez épousé ! s'exclama le marquis. Je présume que c'est légal ?

— Je... pense que oui.

— Vous avez prononcé vos vœux en tant que Mary, — je me rappelle cela.

— J'ai été baptisée « Mary Rocana ».

— Vous ressemblez à Caroline, aussi je présume que vous êtes parente ?

— Nous sommes cousines.

— Je me souviens maintenant que vous m'avez dit vous appeler Brunt. Il semblait y avoir une sorte de mystère vous entourant.

— Le mystère, répondit Rocana, était à cause de la haine qu'éprouvait la duchesse pour mon père et ma mère.

Tandis qu'elle parlait, elle vit que le marquis la regardait d'un air cynique et elle comprit qu'il pensait qu'elle se cherchait des excuses pour sa conduite. C'est pourquoi elle redevint silencieuse.

Au bout d'un moment, il reprit :

— Les raisons que vous donnez pour m'avoir épousé sont plausibles, néanmoins je soupçonne que la véritable raison est que vous souhaitiez devenir marquise.

Le menton de Rocana se redressa orgueilleusement.

— De fait ceci n'est pas vrai, répliqua-t-elle. Patrick m'a persuadée que c'était le seul moyen pour que lui et Caroline puissent s'éloigner et être en sécurité, puisque si peu de temps séparait le retour de Londres et l'heure à laquelle vous désiriez que le mariage ait lieu.

Elle pensa que le marquis n'était pas convaincu et elle ajouta :

— Si tout ne s'était pas passé dans une telle précipitation et que Caroline soit revenue plus tôt dans la semaine, elle aurait pu s'enfuir vendredi ou samedi, et il n'y aurait eu aucune nécessité que je prenne sa place.

Le marquis fronça les sourcils comme s'il suivait la marche de ses pensées avant de dire :

— Vous ne répugniez néanmoins pas à le faire !

— C'était pour moi un moyen d'échapper à l'emprisonnement dont je faisais l'objet au château. J'étais, de plus, forcée de n'être rien d'autre qu'une servante, ou plutôt une femme de chambre couturière au service de ma tante !

— Vous attendez-vous à ce que je croie cela vrai ?

— Que vous le croyez ou non, c'est de toute façon la vérité.

— De fait, vous insinuez que de deux maux j'étais le moindre ! dit le marquis d'un ton sarcastique.

— C'est ce que j'étais sur le point de vous expliquer moi-même, reconnut Rocana. Je vous assure, My Lord, je n'avais aucun désir de vous épouser... en tant qu'homme !

— Pourquoi cela ?

— Je... je vous trouve très... effrayant... et aussi totalement égocentrique.

— Égocentrique ? questionna le marquis.

— Certainement ! Vous avez décidé d'épouser Caroline parce que cela vous arrangeait pour des raisons qu'elle n'ignorait pas. Mais elle n'a pas été consultée et vous avez simplement présumé qu'elle en serait aussi ravie que l'était la duchesse.

Elle comprit, tandis qu'elle parlait, qu'elle venait de remporter un point sur un terrain où le marquis ne l'attendait pas, et après un moment il répondit :

— Je suppose, en y réfléchissant maintenant, que c'était quelque peu arbitraire !

— Il était tout à fait impardonnable que Caroline fût traitée comme un objet qui vous aurait été livré par ses parents sans qu'elle ait la moindre chance d'exprimer son point de vue.

Elle fit une pause avant de concéder :

— De toute façon elle aurait été en désaccord quoi que vous eussiez fait, mais cela c'est autre chose.

— J'ai toujours cru comprendre que les mariages des jeunes filles étaient arrangés pour elles, observa le marquis, comme s'il devait se défendre, et qu'elles étaient ravies d'accepter le demandeur le plus haut placé !

Il semblait si surpris d'avoir peut-être mal compris que Rocana eut un petit rire avant de répondre :

— Les jeunes filles deviennent des femmes, et Votre Seigneurie n'aurait traité aucune des jolies dames que vous avez courtisées à Londres d'une façon aussi inhumaine.

Le marquis s'approcha de la table pour se servir une nouvelle coupe de champagne. Ce faisant, il jeta un coup d'œil à la coupe de Rocana et voyant qu'elle était encore aux trois quarts pleine but une gorgée avant de dire :

— Alors, que suggérez-vous de faire concernant ce gâchis ?

— Je suppose que, tôt ou tard, vous devrez informer le duc que vous... avez épousé la... mauvaise mariée.

— Pensez-vous qu'il ne s'est encore aperçu de rien ?

— Au château, ils se demandent peut-être ce que je suis devenue, mais je doute qu'ils aient l'idée que nous n'êtes pas marié à Caroline.

— Et que pensez-vous qu'ils feront vous concernant ?

Rocana haussa légèrement les épaules.

— La duchesse sera enchantée d'être débarrassée de moi, mais elle trouvera sûrement étrange que je me sois enfuie sans argent, et sans même emmener un des chevaux !

— Vous voulez vraiment dire qu'elle vous déteste ? Mais pourquoi en serait-il ainsi ?

— Je peux répondre à cela très facilement, dit Rocana. Mon père est mort endetté, et ma mère était française !

— Française ? répéta le marquis. Je suppose que cela explique vos yeux.

Rocana rit légèrement.

— J'avais peur que, tôt ou tard, ils me trahissent !

— Si Caroline est votre cousine, dit le marquis comme s'il essayait de faire le point dans son esprit, alors vous êtes la fille de Lord Léo !

— Vous connaissiez mon père ?

— Je l'admirais beaucoup ! répondit le marquis. Il montait superbement, et je comprends maintenant de qui vous tenez votre don de maîtriser les chevaux.

— Papa était merveilleux avec n'importe quel cheval, aussi sauvage soit-il.

— Comme j'ai pu constater que vous l'êtes vous-même.

Rocana sourit.

— Je pensais que peut-être nous... aurions peut-être une chose en... commun... en tout cas !

Le marquis la regarda fixement.

— Avez-vous l'intention de continuer à jouer votre rôle d'épouse ?

— Ce n'est pas un jeu, répliqua Rocana. Nous sommes mariés, et bien que cela vous fâche énormément... comme cela est entièrement légal... Je ne crois pas que vous... puissiez y changer grand chose !

Le marquis posa son verre sur le dessus de la cheminée et se détourna d'elle pour regarder le foyer vide qui avait été garni de fleurs.

— Je ne suis pas seulement fâché, dit-il, mais je suis aussi désorienté. Je constate que vous et Caroline vous êtes jouées de moi et m'avez rendu ridicule, ce qui ne me réjouit guère !

— J'aurais pensé, dit lentement Caroline, que la seule issue possible pour éviter le ridicule serait de faire croire que vous saviez exactement ce que vous faisiez et que vous... m'avez épousée... délibérément.

— Pourquoi ferais-je cela ?

— Parce que vous voulez sauver la face.

C'était un élément auquel Rocana venait seulement de songer, mais qui lui semblait logique.

Quand le marquis se tourna vers elle pour la regarder, étonné, elle sut qu'il avait l'esprit assez rapide pour mesurer précisément la portée de ce qu'elle venait de dire.

— Vous pourriez dire, continua-t-elle avant

146

qu'il puisse parler, que Caroline vous a avoué quand vous lui avez fait votre demande qu'elle était follement amoureuse de Patrick Fairley, et qu'elle vous a supplié de faire semblant de croire qu'elle avait accepté votre offre de façon à empêcher son père et sa mère de lui interdire de revoir Patrick à tout jamais.

Rocana parlait de manière réfléchie comme si la possibilité qu'elle évoquait se déroulait devant ses yeux.

— Ce que personne ne savait en dehors de nous, poursuivit-elle, est que vous et moi nous sommes rencontrés par hasard après le Steeple-Chase et que nous sommes tombés éperdument amoureux l'un de l'autre dès le premier regard !

Elle regarda le marquis, puis reprit avant qu'il ait le temps d'intervenir :

— Ce fut donc votre idée ingénieuse de me faire prendre la place de Caroline à l'église et c'est pour cette raison que vous avez tant insisté pour que le mariage ait lieu dans une telle précipitation, afin que personne n'ait la possibilité de me reconnaître lors de la réception.

Le marquis la dévisagea longuement, puis de façon totalement inattendue renversa la tête en arrière et rit.

— Je ne puis y croire ! dit-il. Cette histoire est irréelle. Je rêve !

— J'ai aussi pensé que je rêvais, dit Rocana, depuis le premier instant où j'ai accepté de prendre part à ce dont j'étais à peu près certaine que cela s'avérerait être une comédie désastreuse.

— Et vous pensez vraiment que quelqu'un croira en un conte si fantastique qu'il pourrait être sorti tout droit des « Mille et une nuits » ?

— Je ne vois pas en quoi ce serait plus fantastique que votre insistance pour épouser une jeune fille à laquelle vous aviez parlé seulement trois fois, pulvérisant tous les records de vitesse dans un voyage entre l'Angleterre et Paris à l'occasion de ce qui était supposé être une romantique lune de miel !

Le marquis rit à nouveau. Puis il dit :

— J'imagine que je devrais vous dire la raison de ma hâte !

— Je reconnais que je suis très curieuse, répondit Rocana, et que j'aimerais savoir pourquoi il fallait que vos fiançailles soient écourtées et suivies par un mariage contracté dans une telle précipitation.

Elle vit que l'expression du marquis changeait comme s'il s'agissait là de quelque chose qu'il préférait ne pas lui dire.

Mais à ce moment précis le dîner fut annoncé, et comme elle se levait il lui offrit le bras. Ils se dirigèrent lentement le long du corridor qui les amena jusqu'à une salle à manger somptueuse dont les murs étaient recouverts de ce que Rocana reconnut être des tapisseries d'un prix inestimable.

Au centre de la table, un énorme chandelier en vermeil supportait huit bougies. Des surtouts de table en vermeil et des gobelets de même métal, dont les pieds étaient décorés par une profusion d'orchidées vertes, donnaient un éclat magique à l'ensemble.

— Comme c'est joli ! s'exclama Rocana tandis qu'elle s'asseyait.

— Je regrette qu'elles ne soient pas de la couleur traditionnelle pour une jeune mariée, dit le marquis, mais on m'a dit que ces orchidées venaient de fleurir dans les serres, et j'ai pensé que vous les apprécieriez davantage que de frivoles œillets blancs.

— Peut-être cette couleur est-elle plus appropriée !

— Si vous suggérez qu'elle ne me porte pas chance, vous faites une erreur, dit le marquis. Le vert est une de mes couleurs aux courses, l'autre étant le noir.

— Et vous avez sans nul doute eu de la chance en ce qui concerne vos chevaux ?

— Je ne me plains pas, répondit le marquis avec complaisance, bien que je n'aie pas battu ce jeune homme qui m'a défié au dernier moment lors du Steeple-Chase. Je crois que vous avez dit qu'il se nommait Patrick Fairley.

— Je priais pour qu'il gagne, dit Rocana, parce que cela aurait paru un signe de bon augure.

— Je comprends maintenant pourquoi il semblait si désireux d'y parvenir, remarqua le marquis.

Rocana poussa un petit soupir.

— C'était une course très excitante, et j'étais loin de penser que Patrick pouvait avoir une chance. Mais il a gagné maintenant d'une façon différente et j'espère que vous êtes assez sportif pour lui souhaiter bonne chance.

— J'aurais plutôt souhaité que le même vœu me soit adressé ! dit le marquis d'un ton moqueur.

Rocana ne protesta pas, mais leva son verre et dit :

— A Patrick, qui a remporté un trophée très particulier, en dépit de tous les obstacles qui lui étaient opposés.

Le marquis leva son verre et but. Puis il dit :

— Je trouve que vous devriez également me

porter un toast, mais pour vous épargner de rougir je vous demanderai cela plus tard.

Il fallut un moment à Rocana pour qu'elle réalise qu'il était en train d'insinuer qu'il l'avait conquise, et se montrait extrêmement cynique à ce sujet.

Elle répondit :

— Les serviteurs vont entrer bientôt avec le deuxième plat et j'avais espéré que vous me raconteriez pourquoi vous aviez une telle hâte d'atteindre Paris.

— Bien sûr, accepta le marquis, et l'explication est en réalité assez simple : le Prince Régent m'a demandé d'acheter pour lui secrètement cinq tableaux de grand prix, et j'ai été contraint de le faire aujourd'hui car ils devaient être mis en vente publique dès demain.

— Des tableaux ! s'exclama Rocana. Voilà une chose à laquelle je ne m'attendais pas !

— Et, par curiosité, à quoi aviez-vous attribué cette hâte ?

Rocana pensa qu'elle ne devrait peut-être pas lui répondre. Puis elle dit, d'un air de défi :

— Si ce n'était pas un cheval, et je pensais que vous en aviez suffisamment, cela pouvait être seulement... une femme !

Le marquis la regarda comme s'il ne pouvait croire qu'une chose aussi petite soit capable d'autant d'impertinence.

— Je constate, Rocana que vous n'êtes pas du tout, ainsi que je le croyais, une jeune débutante, inexpérimentée et dépourvue de sophistication.

— Je suis désolée de vous décevoir, répliqua Rocana, mais on ne m'a pas permis d'être une débutante, et en fait j'ai dix-neuf ans, un an de plus que Caroline.

— Et vous avez, je le présume, accumulé un certain nombre de connaissances au cours de cette année supplémentaire !

Le marquis se moquait à nouveau d'elle, et elle dit :

— Toute ma science, je vous assure, provient entièrement de mes lectures, parce que de la même façon qu'il était exclu que vous me rencontriez au château, aucune autorisation ne m'était non plus donnée de rencontrer quelqu'un d'autre.

Elle baissa la voix et poursuivit plus tranquillement :

— Depuis que mon père et ma mère sont morts j'ai toujours été reléguée à l'arrière-plan, mortifiée, injuriée et punie. Aussi, si je me conduis maintenant d'une façon un peu trop exubérante, vous devez me pardonner car je me sens comme une bouteille de champagne dont on viendrait de retirer le bouchon.

Les mots semblaient trébucher sur ses lèvres, ce qui fit rire le marquis.

— J'ai vu votre imagination au travail, Rocana, et je ne peux m'empêcher de penser qu'en voici un bel exemple.

— Vous croirez ce que vous voulez croire, répliqua Rocana, mais moi, je dis toujours la vérité quand c'est possible !

— Excepté quand vous vous déguisez en quelqu'un d'autre !

— Il y a bien sûr des exceptions à toute règle.

— Vous êtes très intelligente ou très stupide, déclara le marquis, et je suis soucieux de séparer le grain de l'ivraie, ou plutôt de détacher la vérité des mensonges !

Rocana avait réalisé tandis qu'ils dînaient —

et elle pensa que c'était quelque chose de nouveau que le marquis avait instauré —, que les serviteurs après les avoir servis, quittaient la pièce.

Maintenant ils étaient seuls, et Rocana dit :

— Ce que je peux vous dire, et c'est réellement toute la vérité, c'est que Caroline avait terriblement peur de vous et vous détestait ! Moi aussi j'ai... peur de vous, bien que je ne vous déteste pas. Je pense que vous êtes un homme peu commun et difficile.

Comme le marquis ne répondait pas, elle ajouta :

— Maintenant que j'y pense, c'est ce que mon oncle me disait en allant à l'église ; il disait que vous étiez difficile, et que je devrais faire exactement tout ce que vous me diriez de faire.

— Avez-vous l'intention d'agir ainsi ?

— Cela dépend des ordres que vous me donnerez, répondit Rocana. J'ai constaté votre efficacité au cours de ces derniers jours, la façon dont vous planifiez tout jusqu'au moindre détail. C'est pourquoi je préférerais savoir à quoi m'attendre plutôt que me lancer dans des spéculations et avoir peur.

Le marquis resta silencieux pendant un moment. Puis il dit :

— Vous me dites sans cesse à quel point je suis effrayant. Est-ce réellement vrai ?

Rocana le regarda, les yeux écarquillés, avant de dire :

— Sûrement vous devez être conscient de ce que tout le monde a peur de vous, à l'exception peut-être des belles dames qui essaient de vous séduire, bien que je soupçonne en réalité qu'elles ont peur de vous également ! Vos laquais quand ils étaient au château m'ont dit qu'ils avaient peur de vous.

Le marquis la regarda et lui déclara :

— Je suppose qu'on ne peut jamais se voir soi-même à travers les yeux des autres. Je sais que je suis efficace. J'aime que les choses autour de moi soient parfaites, mais je ne pensais pas que je contrôlais les gens par la peur plutôt que par le respect.

— Je pense que ce que vous voulez vraiment dire, c'est que vous voulez qu'ils vous admirent, et ils le font, même lorsqu'ils désapprouvent votre comportement.

— Que savez-vous de moi ? questionna le marquis. Vous me dites que vous avez été comme une prisonnière au château. Aviez-vous entendu parler de moi avant que je rencontre Caroline ?

— Bien sûr, j'avais entendu parler de vous ! répondit Rocana. J'avais entendu parler de vos victoires sur les champs de courses et aussi en tant que boxeur, ainsi que des duels que vous avez disputés et gagnés, et bien entendu de vos nombreuses et multiples liaisons amoureuses !

Elle disait cela sans effort, momentanément emportée par la nouveauté de parler librement avec un homme comme elle l'avait fait avec son père et sa mère, chose qui n'était plus possible depuis qu'ils étaient morts.

Soudain, le marquis frappa de son poing fermé sur la table, faisant cliqueter les assiettes et sauter les verres.

— Comment osez-vous ! s'exclama-t-il. Comment osez-vous me parler ainsi ! Que connaissez-vous de ma vie ? Qui aurait pu vous parler de moi alors que cela ne pouvait vous concerner ?

Il lui criait presque les mots au visage et, pendant un instant, Rocana put seulement le regarder fixement, les yeux agrandis et, semblant dévorer son visage, avant que, comme il attendait sa réponse, elle parvienne à dire :

— Je... Je suis... désolée... J'ai parlé... sans réfléchir... et je sais maintenant... que c'était très... grossier de ma part.

Parce qu'elle s'était faite humble et suppliante, la colère disparut des yeux du marquis et il répondit d'une voix différente :

— Maintenant je vous ai effectivement effrayée, et cela c'est une erreur. Vous avez été franche avec moi, Rocana, et j'aurais dû m'attendre à cela de votre part, bien que je ne l'obtienne guère de quiconque.

Rocana lança un regard aveugle sur les orchidées.

— C'était... grossier de ma part, dit-elle, mais... je ne m'étais jamais... trouvée avec... quelqu'un... comme vous avant.

De façon inattendue, le marquis tendit la paume de sa main vers elle.

— Pardonnez-moi, dit-il. Vous m'avez pris par surprise et j'ai oublié que vous étiez aussi jeune.

A contrecœur, parce qu'il l'avait bouleversée, Rocana mit doucement sa main dans la sienne. Ses doigts se refermèrent sur les siens et, pour la seconde fois, elle fut consciente de sa force et des vibrations qu'elle avait ressenties dans l'église.

— Je pense, Rocana, que nous devons faire un pacte, décréta le marquis calmement.

— Un... pacte ?

— Que nous nous parlerons toujours avec franchise sans que l'un ou l'autre s'en offense. Nous devons essayer de faire de cet étrange et de ce qui paraît pour l'instant notre absurde mariage, un succès.

154

CHAPITRE SIX

Les serviteurs se trouvaient maintenant dans la pièce en permanence et Rocana n'eut plus la possibilité de parler de façon intime avec le marquis jusqu'à ce que le dîner soit terminé.

Ils passèrent alors au salon. Tandis qu'il s'asseyait confortablement dans un fauteuil, Rocana, sans y penser se mit par terre, sur le tapis, en face de la cheminée.

Elle avait tellement l'habitude de le faire au château quand elle parlait avec Caroline, et avant cela quand elle était chez elle avec ses parents, qu'elle ne réalisa pas que dans sa nouvelle position c'était peut-être un peu déplacé. Le marquis cependant ne dit rien. Il se contenta simplement de la regarder dans son élégante robe, qui faisait comme des vagues autour d'elle, et, avec ses bijoux, elle ressemblait à une fleur après la pluie.

Puis il dit :

— Maintenant parlons intelligemment de nous-mêmes.

— Je croyais que c'était ce que nous avions fait, répondit Rocana.

— Il y a un grand nombre de choses à décider, dit-il. La première est de savoir à quel moment vous souhaitez que je me mette en contact avec votre oncle et votre tante?

Rocana poussa un léger cri.

— Pas encore! Je vous en supplie... pas encore... Je veux être absolument certaine que Caroline est en lieu sûr et aussi...

Elle fit une pause.

— Et aussi? intima le marquis.

Rocana cherchait ses mots.

— Je... Je me demandais si vous étiez... tout à fait certain de vouloir... me garder en tant que... votre femme.

— Et si je ne le veux pas? demanda le marquis. Que feriez-vous?

— Cela semble... en quelque sorte... abuser, dit Rocana d'une toute petite voix, mais comme je n'ai pas... d'argent, je serais obligée de vous en demander... assez pour me permettre de partir et de me cacher... là où tante Sophie ne pourrait pas... me retrouver.

Elle fit une pause avant de continuer d'une voix qui était révélatrice de l'état dans lequel elle se trouvait:

— Je ne pourrais supporter de... revenir au château sachant combien je serais... punie... pour l'avoir trompée... ainsi que vous.

— C'est donc certainement une chose qu'il vous faut éviter, répondit le marquis. J'ai suggéré au cours du dîner que nous devrions essayer dans la mesure du possible de faire en sorte que notre mariage marche.

— Vous... voulez... vraiment dire cela?

— Je dis rarement quelque chose que je ne pense pas, répondit le marquis. Je reconnais qu'au début je me suis demandé comment je parviendrais à me sortir de la situation dans laquelle vous m'aviez mis, mais je vois bien qu'il n'y a aucune autre issue qui ne dégénère en scandale.

— Je savais que vous... détesteriez cela! avoua Rocana d'une voix basse.

— Cela me déplairait certes, répondit le marquis, et je vais par conséquent adopter votre plan, et dire que je vous ai épousée parce que je le désirais.

Les yeux de Rocana s'éclairèrent.

— Ce serait... merveilleux pour Caroline et cela la sauverait... j'en suis sûre, des poursuites de son père et de sa mère qui voudront essayer... d'obtenir l'annulation de son mariage.

— Son futur est donc résolu, dit le marquis. Maintenant qu'en est-il du nôtre?

Il y eut un silence. Puis Rocana répondit:

— Vous avez été si bon, que je vais essayer d'être aussi peu... importune que... possible.

— Que voulez-vous dire exactement?

— Je veux dire, répondit-elle sur un ton hésitant, que comme je sais que vous êtes... amoureux... de quelqu'un d'autre... vous voudrez évidemment... passer autant de temps que possible... avec elle.

— Qui a dit que j'étais amoureux de quelqu'un d'autre? demanda le marquis rageusement.

Rocana le regarda avec un peu d'appréhension tout en disant:

— Quand Caroline se trouvait à Londres, un certain nombre de personnes lui ont dit que si vous souhaitiez vous marier avec une telle hâte c'était parce que vous vous trouviez compromis avec une très belle dame aux cheveux roux et aux yeux verts.

Elle resta silencieuse avant d'ajouter:

— Ils disent que votre... association avec elle pourrait causer un... incident diplomatique... et que vous aviez... décidé de vous... marier.

Au fur et à mesure qu'elle parlait, elle était consciente que le marquis s'était raidi et était certaine que sa colère reprenait le dessus. Pourtant, elle savait qu'il valait mieux être franche dès le début et elle continua rapidement :

— Je... donc je... comme naturellement je ne voudrais pas être bouleversée par quoi que ce soit que vous fassiez... je ne m'ingérerais pas quand vous désirerez rester... seul avec une dame pour laquelle vous éprouvez de... l'intérêt... et peut-être que nous pouvons devenir... amis.

Il y eut un silence. Puis le marquis répondit enfin :

— Ce n'est pas la sorte de mariage auquel je pensais.

Rocana lui jeta un bref regard.

— Vous... ne pouvez pas vouloir dire que nous pourrions... réellement devenir mari et femme ?

— Pourquoi pas ?

Les yeux de Rocana s'agrandirent comme s'il lui était impossible de croire ce qu'elle avait entendu. Puis elle répondit :

— J'ignore ce que... deux personnes font quand elles... sont amoureuses... mais je sais que pour Caroline... qui adore Patrick... c'est... merveilleux !

Elle fit une pause avant de poursuivre :

— Mais comme vous ne... m'aimez pas... et que je ne... vous aime pas... ce serait... mal... très mal.

— Mais nous sommes mariés, Rocana !

— Seulement par erreur de votre point de vue, et bien que je sois fascinée par vos chevaux... et par vos tableaux... c'est... différent d'être... attirée par vous... en tant qu'homme !

Une torsion sur la lèvre, le marquis dit :

— La franchise est une chose que je n'avais pas encore expérimentée, Rocana, au cours de mes relations avec les femmes.

— Je vous en prie... j'essaie de ne pas être... grossière ou difficile... dit Rocana d'un ton suppliant, mais je dois essayer de vous faire... comprendre que notre... mariage... est différent de ce à quoi vous vous attendiez, et de ce que je... désirais.

— Je suppose que toute jeune mariée désire être amoureuse ! remarqua le marquis.

Il en parlait comme si c'était en quelque sorte répréhensible et, l'espace d'un moment, Rocana oublia d'être humble et elle déclara :

— Bien sûr qu'elle le désire ! Comment pourrait-il en être autrement ? Pourquoi devrait-elle être forcée... d'épouser un homme parce qu'il est riche et important ? C'est mal ! C'est contre... tout ce que Dieu... a voulu.

— Et pourtant vous m'avez épousé, insista le marquis, pour sauver Caroline et vous-même.

— Je... vous l'ai dit.

— Alors, je suppose qu'en la circonstance, vous ne pensez pas me devoir quoi que ce soit ?

Rocana eut l'air embarrassé.

— Je vous ai dit toute... ma gratitude... mais il n'y a rien d'autre que je puisse faire pour vous l'exprimer... excepté essayer de... vous être agréable.

Il y eut un court silence. Puis le marquis demanda :

— En supposant que je vous dise que je préfère vivre un mariage normal, comme celui que j'envisageais avec Caroline, dans lequel vous seriez ma femme non seulement de nom, mais aussi de fait ?

Troublée par ce qu'il venait de dire, Rocana se leva et traversa la pièce en direction de la fenêtre. Les rideaux avaient été tirés partout sauf devant une porte-fenêtre qui ouvrait sur le jardin. Elle se tint immobile, regardant au-dehors. La lumière s'effaçait peu à peu dans le ciel et les étoiles apparaissaient l'une après l'autre. Tout était calme. Une légère brise faisait bruire les feuilles des arbres.

Il semblait à Rocana qu'elle retrouvait l'espace magique qu'elle avait toujours cherché et trouvé dans les endroits beaux, une magie qui faisait partie d'elle, de ses instincts, de ses rêves et de ses aspirations profondes au bonheur.

Elle se sentait comme si elle s'approchait à l'aveuglette de quelque chose qui la fuyait ; quelque chose dont elle redoutait de ne jamais pouvoir l'atteindre. Pourtant, toutes les fibres nerveuses de son corps et la moindre cellule de son esprit étaient tendus dans cette aspiration.

A ce moment, elle sursauta car elle réalisa que sans qu'elle l'ait entendu le marquis s'était levé aussi, et qu'il se tenait juste derrière elle.

— Envisagez-vous de fuir loin de moi ? demanda-t-il d'une voix profonde.

— Je n'ai... nulle part... où fuir.

— Alors je vous suggère de rester, dit-il, et nous commencerons par mes chevaux et mes tableaux puis nous verrons où ils nous mènent avant que je fasse quoi que ce soit qui puisse vous faire peur.

Rocana se tourna pour le regarder.

— Vous voulez dire que... vous voulez vraiment dire... cela ? demanda-t-elle.

Ses yeux brillaient maintenant avec les étoiles, et toute peur avait disparu de leur profondeur.

— Je ne permets pas souvent qu'il soit passé outre à mes décisions, dit le marquis d'un ton ironique, mais vous êtes très convaincante, Rocana, non seulement dans ce que vous dites, mais aussi dans ce que vous pensez.

— Êtes-vous en train de me dire que... vous pouvez... lire dans mes pensées ?

— Vos yeux sont très expressifs.

— Je suis contente s'ils vous persuadent que j'ai raison.

— Je ne dis pas que vous avez raison, contredit le marquis, mais seulement que je vais consentir à ce que vous voulez.

— Alors... merci... je vous suis très reconnaissante.

Comme si le sujet était clos, le marquis commença alors à évoquer ce qu'ils feraient le lendemain. Il était presque minuit quand Rocana dit :

— Je pense que je devrais monter me coucher... Il y a tant... de choses excitantes dont je puis vous parler que je veux conserver mes esprits.

— Je prends ceci pour un compliment, répondit le marquis. Allez dormir et, si vous le désirez, joignez-vous à moi pour monter dans le bois demain matin à huit heures.

— Le puis-je vraiment ?

— Je me réjouis d'avance de votre compagnie.

— Merci... merci ! s'exclama Rocana. Je vous promets de ne pas être en retard.

Elle se leva et tendit sa main, se demandant si c'était la façon correcte de dire bonsoir. A son soulagement le marquis la prit, la leva légèrement jusqu'à ses lèvres, à la mode française, et dit :

— Allez dormir, Rocana, et cessez de vous inquiéter. Si vous me laissez prendre tout en mains, j'essaierai de vous rendre beaucoup plus heureuse que vous l'avez jamais été par le passé.

Elle lui sourit avant de dire :

— Maintenant je suis tout à fait sûre que je rêve. Je m'étais à moitié attendue à ce qu'il me faudrait ce soir dormir dans la rue... ou mendier mon passage de retour en Angleterre !

Elle parlait à moitié sérieusement et à moitié en se moquant, et le marquis s'écria :

— Je crois qu'en France ceux qui se font passer pour un autre de même que les faussaires sont emmenés à la Bastille.

— Alors je vous suis très reconnaissante pour le confortable lit qui m'attend en haut, déclara Rocana avec un sourire. Bonsoir, My Lord.

Elle fit une révérence et se dirigea vers la porte que le marquis lui ouvrit. Elle leva son regard vers lui tandis qu'elle passait dans le corridor et vit dans ses yeux une étrange expression qu'elle ne comprit pas.

Puis, comme elle se sentait tout à la fois soulagée, excitée et quelque peu déroutée, elle se mit à courir vers sa chambre. Marie l'attendait pour l'aider à se déshabiller et à se mettre au lit.

Quand elle se changea pour le dîner, le soir suivant, Rocana pensa qu'elle venait de vivre la journée la plus délicieuse et la plus stimulante de son existence.

Pendant près de deux ans, elle avait vécu au château comme un fantôme, se faufilant le long des murs avec l'espoir de n'être pas vue, afin de ne pas être réprimandée par la duchesse.

Elle n'avait jamais pu avoir de conversation avec quelqu'un de l'extérieur, ou être écoutée de quiconque à l'exception de Caroline, aussi était-ce une joie au-delà des mots, de se trouver avec un homme tel que le marquis.

Il était si intelligent, si cultivé, qu'elle en oubliait d'avoir peur de lui et se surprit à faire des remarques étincelantes sur tout ce dont ils parlaient parce qu'il stimulait son imagination.

Ils avaient chevauché ensemble dans le bois, et Rocana avait trouvé deux très séduisantes tenues d'été parmi les vêtements que la duchesse avait acheté pour le trousseau de Caroline.

L'une était du bleu pâle des yeux de Caroline, l'autre, vert feuille orné dans le style militaire de passementerie blanche que Rocana pensa être l'ensemble le plus élégant qu'elle eût jamais vu. Une toque noire ornée d'une voilette de gaze verte complétait l'ensemble.

Quand elle rejoignit le marquis, à huit heures précises, il lui sembla voir un éclair d'admiration dans ses yeux bien qu'elle ne pût en être sûre.

— Pour une femme, vous êtes étonnamment ponctuelle, déclara-t-il de sa voix ironique et moqueuse.

— En tant que votre femme, comment oserais-je être autrement ? répondit Rocana. Et en tant que votre amie, je ne souhaitais pas vous faire attendre.

Il sourit à sa vivacité. Ne permettant pas à un laquais de l'aider, il la souleva jusqu'à sa selle et arrangea d'une main experte sa jupe sur le pommeau.

Le cheval qu'elle montait n'était pas aussi magnifique que Vulcan, mais c'était néanmoins une bête fine et bien dressée.

Rocana était complètement inconsciente de ce que le couple qu'elle formait avec le marquis créait une véritable sensation parmi les cavaliers du bois. La plupart étaient des hommes, et plusieurs d'entre eux saluèrent le marquis comme s'ils étaient de vieux amis et paraissaient manifestement désireux d'être présentés à son épouse.

Parce que Rocana leur parlait dans leur propre langue, ils s'extasièrent tous sur sa compétence et la perfection de son accent.

C'est seulement quand ils se retrouvèrent seuls qu'elle demanda :

— Dois-je dire que ma mère était française ? Ou devrais-je les laisser continuer de croire que je suis Caroline ?

— Je pense que pour le moment nous devrions laisser les choses telles qu'elles sont, répondit le marquis. Les explications sont toujours une erreur, et mon mariage aura certainement été communiqué par le duc à *The London Gazette* aussi bien qu'au *Times* et au *Morning Post.*

— Je vois bien que c'est une situation compliquée pour vous, dit Rocana, et je pense qu'il serait sage d'attendre aussi longtemps que possible pour donner à Caroline et à Patrick le temps d'avoir quitté l'Angleterre.

— Ils avaient l'intention de partir pour l'étranger ? demanda le marquis.

— Je pense qu'ils avaient l'intention de venir en France, répondit Rocana, mais Patrick avait tout prévu jusqu'au dernier détail, aussi je ne peux croire qu'il y ait eu un danger réel et qu'ils aient été appréhendés au dernier moment.

Elle était persuadée que cela correspondait à la réalité.

En même temps, il y avait une petite note de frayeur dans sa voix parce qu'elle avait vécu si longtemps dans l'ombre de l'autorité ducale de son oncle qu'il était difficile de croire que quelqu'un puisse le défier et gagner.

— Vous vous faites du souci à nouveau, Rocana, dit le marquis, et je vous préfère quand vous souriez.

— Alors je vais sourire, répondit-elle.

Après leur promenade, le marquis l'emmena voir une exposition de peinture qui lui coupa le souffle.

— Maman aurait adoré voir ces tableaux ! Elle m'a tant enseigné de choses sur les artistes français, et bien que j'aie vu des reproductions de leurs œuvres, ce n'est pas pareil.

Il lui sembla que son enthousiasme amusait plutôt le marquis.

Puis, ils allèrent déjeuner dans un restaurant dans le bois.

Installés dans son phaéton, le laquais siégeant derrière eux, ils attirèrent à nouveau l'attention de tous ceux qui les voyait. Le marquis remarqua que Rocana n'était pas du tout consciente de l'effet qu'elle produisait, et qu'elle ne soupçonnait pas l'admiration qui perçait dans les yeux des hommes, ou la curiosité et l'envie dans ceux des femmes.

Le déjeuner, délicieux, fut pris à une table pour deux, sous les arbres. Rocana parla de peinture et de chevaux et le marquis se trouva dans la situation de devoir répondre à une multitude de questions qui ne lui avaient jamais été posées auparavant.

Comme pour l'une d'elles il hésitait sur la réponse, Rocana lui demanda vivement :

— Est-ce que je vous ennuie ou est-ce que je vous suis désagréable en étant si curieuse ? Si cela est, vous devez me le dire.

— Je vous assure que vous ne m'ennuyez pas, répondit le marquis.

— Je suis très consciente de mon ignorance vous concernant, vous et l'ensemble de votre existence, dit Rocana. Je vais essayer d'apprendre aussi vite que possible, mais j'ai peur que vous n'ayez à m'enseigner tant de choses que vous ne finissiez par trouver cela très fastidieux.

— Je vous le dirai si cela arrive.

— J'étais en train de penser qu'il est merveilleux pour moi d'être avec quelqu'un comme vous. C'est comme être avec papa, mais encore plus !

— Je suis flatté ! dit le marquis, ironiquement.

— Je ne déprécie pas mon père, expliqua-t-elle. Il était très intelligent, très spirituel et il insistait pour que je sois capable de tenir ce qu'il appelait « une conversation intelligente », mais il préférait en réalité parler à maman, et quand elle était là je ne parvenais pas à retenir son attention.

Elle soupira avant de conclure :

« Aussi, vous pouvez comprendre comme c'est passionnant pour moi de vous avoir entièrement pour... moi seule, au moins pour... le moment. »

— Y mettez-vous une limite dans le temps ? s'enquit le marquis.

— Bien sûr, répondit Rocana. J'ai non seulement peur qu'une ravissante dame vienne vous enlever, mais que vous disparaissiez et que je me réveille !

Le marquis rit.

— L'ennui avec vous est que vous avez beaucoup trop d'imagination, et Dieu sait à quels problèmes je vais devoir faire face ! Vous m'en avez déjà causés suffisamment et je me demande seulement ce que réserve l'avenir.

— J'espère simplement que vous n'allez pas me trouver terne, dit Rocana vivement.

— Je ne pense pas que ce soit possible !

La façon dont il parlait ne lui permettait pas de savoir si c'était un compliment ou une critique.

De retour, tandis que Marie l'aidait à revêtir une autre très belle robe, elle pensa qu'elle avait tellement de chance, que pour la première fois depuis que son père était mort, non seulement elle était heureuse mais que, de plus, elle n'avait pas peur.

« Il n'est pas réellement... effrayant », se dit-elle.

En même temps, elle savait que si le marquis se fâchait contre elle, comme il l'avait fait la nuit précédente, elle aurait peur de nouveau.

« Il faut que je le fasse rire, pensa-t-elle, et que je le maintienne amusé par ce que je lui dis. »

Elle envoya mentalement une petite prière à son père pour lui demander son aide, sachant avec quel talent il avait toujours su élever le niveau de l'ambiance de toutes les réunions où il se trouvait. Lui aussi avait attiré les gens par sa magie comme il avait toujours dit qu'il était attiré par celle de sa mère.

« Je veux cette magie ! » murmura Rocana.

Elle espéra que le marquis y serait sensible et continuerait d'être aussi gentil qu'il l'avait été aujourd'hui.

— Vous êtes très belle, madame ! était en train de dire Marie.

Elle ramena les pensées de Rocana sur elle-même. Rocana regarda son image dans le miroir. Elle vit que Marie l'avait revêtue d'une robe d'un rose très pâle qui accentuait de façon subtile l'or de ses cheveux et la profondeur mystérieuse de ses yeux.

La robe était bordée d'œillets roses autour du bas de la jupe et des épaules et Marie s'était procuré quelques vrais œillets roses du jardin qui étaient assortis, et les avait disposés dans les cheveux de sa maîtresse. Ils lui donnaient un air très juvénile, et, comme elle pénétrait dans le salon, le marquis pensa qu'elle ressemblait à Perséphone revenant du sein de la terre pour apporter à la surface du monde les prémices du printemps. Il l'observa tandis qu'elle traversait le salon pour venir le rejoindre et sut que Rocana avait une grâce que beaucoup de femmes n'avaient pas.

C'était entièrement naturel et inconscient, sans rien d'artificiel.

Comme elle arrivait près de lui il lui dit :

— J'ai pensé qu'après dîner, si cela vous fait plaisir, nous pourrions assister à une petite fête que donnent des amis personnels et où l'on dansera.

— Ce serait merveilleux ! s'écria Rocana. J'espère seulement que je saurai danser suffisamment bien ! J'ai dansé la valse avec papa, mais je n'ai bien sûr jamais été à un bal depuis.

Le marquis la regarda longuement. Puis il dit avec un sourire :

— Voilà une nouvelle chose que je dois vous enseigner.

— Cela ne vous ennuie pas ?

— Bien sûr que non ! Cela me fera plaisir !

Rocana hésita. Puis elle demanda :

— S'il vous plaît... comme je me sens... embarrassée d'être aussi ignorante... ne pourrions-nous au début aller danser là où il n'y aurait que des étrangers... et non pas vos amis ?

— Je pense que c'est une idée dictée par le bon sens, et c'est ce que nous ferons.

— Vous comprenez vraiment ! s'exclama-t-elle.

— Vous attendiez-vous à me trouver totalement obtus, ou devrais-je dire à ce point insensible ?

— Non, certainement pas ! C'est seulement que vous faites preuve de beaucoup plus de compréhension que je ne l'eus cru possible ; vous ressentez instinctivement les autres et je ne m'y attendais pas.

Le marquis ne répondit pas et Rocana poursuivit :

— Je pense que très peu de gens ont ce sens particulier, mais c'est quelque chose que papa appelait « magie ».

— La sorte de magie dont vous avez usé pour Vulcan ? questionna le marquis.

— Exactement ! approuva Rocana. Et ce pouvoir joue aussi bien sur les animaux que sur les êtres humains.

— Alors, je suis ravi que vous pensiez que j'en suis doté.

Elle lui sourit, mais avant qu'il ne puisse en dire davantage, le dîner fut annoncé et ils se dirigèrent vers la salle à manger.

Le repas était encore plus délicieux que celui de la veille. Comme Rocana avait faim, elle goûta à tout ce qui lui était proposé, et elle but un peu de champagne dont le marquis lui dit qu'il provenait d'une vigne qu'il envisageait d'acquérir.

— Ce serait passionnant d'avoir nos propres vignes, dit-elle. Pourrions-nous aller les voir ?

— Je pensais justement que c'est ce que j'aimerais faire, répondit le marquis. Mon intention était de nous y rendre dès que nous serions fatigués de Paris.

— Mais pas trop vite, plaida Rocana. Il y a tant d'autres choses que je voudrais voir à Paris. Je suis persuadée qu'il y a beaucoup, beaucoup d'autres tableaux que vous devez examiner.

Le marquis allait répondre quand, soudain, la porte s'ouvrit brutalement. Rocana tourna la tête.

Un homme entra dans la pièce d'une façon fort agressive et qui paraissait extraordinaire.

Rocana aperçut derrière lui plusieurs serviteurs qui semblaient inquiets, et elle réalisa que l'homme avait forcé son chemin à travers la maison sans attendre d'être annoncé.

Il claqua la porte qui se referma derrière lui, puis traversa la pièce, ses yeux fixés sur le marquis.

— J'ai appris que vous étiez ici, my lord, dit-il, et si vous avez pensé que vous m'échapperiez, vous avez fait une erreur !

Il parlait anglais avec un accent particulier qui n'était pas français, pensa Rocana, mais indiquait qu'il était autrichien ou originaire des Balkans. Son aspect était flamboyant, avec ses moustaches ondulées et ses vêtements élégants et coûteux mais certainement pas d'origine anglaise. Il avança jusqu'à n'être plus qu'à quelques pas du marquis et il poursuivit :

— Je considère que votre conduite vis-à-vis de la princesse est une insulte pour l'homme que je suis, et j'ai l'intention de prendre ma revanche !

Le marquis se mit lentement debout.

— Je souhaite la bienvenue à Votre Altesse sous mon toit. Puis-je avoir l'honneur de vous présenter ma femme ?

Parce qu'elle sentit que c'était ce qu'elle devait faire, Rocana se leva également, prête à faire une révérence, aussitôt que le prince regarderait dans sa direction. Au lieu de cela, il continuait de jeter des regards furibonds autant que menaçants au marquis, et il rétorqua d'une voix dont la colère était mal contenue :

— Si vous croyez pouvoir me tromper du fait de vous être marié et d'avoir quitté l'Angleterre, vous êtes grandement dans l'erreur ! Je ne suis pas un idiot, Quorn, et suis tout à fait conscient de la façon indigne dont vous vous êtes comporté. Je n'ai pas l'intention de vous permettre d'échapper au sort que vous méritez !

— Je ne peux que regretter que Votre Altesse voie les choses de cette façon..., commença le marquis.

— Vous m'avez insulté, rugit le prince, et vous allez le payer !

Toujours aussi calmement, le marquis répondit :

— En ce cas, Votre Altesse, je ne puis refuser un tel défi. Je vous rencontrerai à l'aube.

Rocana savait que cela voulait dire « duel », et comme elle voyait la colère sur le visage du prince elle émit un petit murmure désapprobateur, pensant que dans son désir de faire du mal au marquis il pourrait être terriblement dangereux.

— La peste soit de l'aube! s'exclama le prince furieusement. Je ne vais pas vous combattre avec des pistolets! Je connais votre réputation de tireur, et j'ai un bien meilleur moyen de me venger auquel vous ne pourrez échapper.

Tout en parlant, il écarta la cape qu'il portait sur son habit de soirée, et Rocana vit qu'il tenait une canne. En un éclair, elle comprit qu'il allait l'utiliser pour frapper le marquis.

Il dut alors appuyer sur un mécanisme secret car l'emballage tomba par terre, faisant apparaître une canne à épée, longue et effilée, qui brillait méchamment à la lumière du candélabre.

Il la pointa vers le marquis et dit:

— C'est seulement quand vous mourrez, comme j'en ai l'intention, monsieur le marquis, que je serai vengé et que justice sera faite.

Tout en parlant, il ramena son bras en arrière et lança sa lame en avant, avec l'intention d'atteindre le marquis en plein cœur, de la pointe acérée de sa rapière.

Sans réfléchir, sans hésiter, Rocana se jeta entre les deux hommes.

— Vous ne pouvez pas tuer un homme désarm...! commença-t-elle.

Puis sa voix sembla s'éteindre, les mots s'achevèrent par un cri. Son geste avait pris le prince par surprise, et il était trop tard pour qu'il puisse abaisser son arme.

Au lieu de cela, la pointe mortelle de la rapière transperça le haut du bras de Rocana exactement à la hauteur où elle eût pénétré dans la poitrine du marquis.

Puis, tandis qu'elle s'écroulait sur le sol, le

marquis bougea pour la première fois depuis que le prince l'avait attaqué. Il le frappa durement à la pointe du menton avec la force et la promptitude d'un boxeur chevronné.

Comme le prince tombait en arrière sur le parquet ciré, le marquis le souleva dans ses bras et le jeta par la fenêtre à demi ouverte qui donnait sur le jardin.

Tandis qu'il tombait dans un fracas de verre brisé, le marquis, sans le regarder, se retourna et s'agenouilla près de Rocana.

Il sembla à Rocana qu'elle revenait, d'une vague après l'autre, des ténèbres vers une lumière diffuse.

Très loin, comme provenant d'un autre monde, elle entendit une voix dire :

— Buvez ceci !

C'était un trop grand effort de désobéir et elle pouvait sentir le bord d'un verre contre ses lèvres ; un liquide versé dans sa bouche coulait dans sa gorge. Le liquide était fort et brûlant, et bien qu'elle essayât de tourner la tête et de le refuser, la voix dit à nouveau :

— Buvez ! Cela vous fera vous sentir mieux !

— Elle reprend connaissance, m'lord, entendit-elle. Sa Seigneurie est seulement évanouie.

Puis, un peu de l'obscurité disparut et Rocana put sentir une sensation brûlante dans sa poitrine. Pour une raison quelconque, elle ne parvenait pas à comprendre pourquoi elle ne voulait pas ouvrir les yeux, et elle avait peur.

La voix du marquis lui parvint avec un ton qui était différent de tout ce qu'elle avait jamais entendu auparavant :

— Réveillez-vous, Rocana, réveillez-vous !

Parce qu'elle sentait qu'elle devait faire ce qu'il disait, elle ouvrit les yeux, et le découvrit penché sur elle, son visage tout près du sien. Pendant un moment, il lui fut difficile de fixer son regard. Puis elle demanda :

— Êtes... vous... sauf ?

— Je le suis grâce à vous. Et maintenant je vais vous porter en haut. Le docteur sera ici dès que possible.

— Le... docteur ? murmura Rocana.

Puis elle se souvint de ce qui était arrivé. Elle crut qu'elle poussait un léger cri, mais c'était à peine plus qu'un murmure, et elle redemanda :

— Vous êtes... sauf ?

— Vous êtes la seule qu'il ait blessée, dit doucement le marquis.

Il la souleva très doucement dans ses bras et, ce faisant, Rocana eut un bref aperçu d'une tache pourpre sur sa poitrine.

Puis, elle se rendit compte que son épaule était recouverte des serviettes de la table de la salle à manger.

Elle voulut poser des questions et savoir si elle était grièvement blessée.

Puis, cela cessa en quelque sorte d'être important et la force des bras du marquis était très réconfortante.

Plusieurs heures s'écoulèrent avant que Rocana puisse rassembler ses pensées.

Elle se réveilla d'un sommeil dont elle savait qu'il avait été provoqué par quelque chose que le docteur lui avait donné, et qui l'avait rendue inconsciente pendant qu'il examinait son épaule. Elle avait maintenant conscience d'être dans son propre lit et son bras qui avait été efficacement bandé était en écharpe. Elle était vêtue d'une chemise de nuit, bien qu'elle n'eût aucun souvenir d'avoir été déshabillée.

L'idée lui vint tout à coup que la blessure que le prince lui avait faite pourrait avoir pour résultat de lui faire perdre son bras. Elle poussa un léger cri et, ce faisant, il y eut quelqu'un à côté d'elle dont elle pensa que ce devait être Marie.

Sans encore ouvrir les yeux, elle demanda dans un souffle :

— Ils... ils ne vont pas... me couper... le bras ?

— Non, non, bien sûr que non !

C'était le marquis qui répondait, et comme elle ouvrait les yeux, elle le trouva penché sur elle.

La seule lumière dans la pièce était une bougie près du lit. Elle pouvait voir le jabot blanc de sa chemise dépasser de la robe de chambre de velours qu'il portait, et elle comprit que c'était la nuit et qu'il devrait être en train de dormir.

— Votre blessure n'a touché que les chairs, dit le marquis vivement. Cela sera douloureux et vous serez inconfortable. Je vous ai une très grande reconnaissance, Rocana, de m'avoir sauvé la vie.

— Il... avait l'intention de... vous tuer !

— Il est fou ! dit le marquis. Si cela peut vous être d'une quelconque satisfaction, il va souffrir bien plus que vous en ce moment, et j'espère que cela le calmera, ce fou échauffé !

La façon de parler du marquis donna à Rocana envie de rire, mais c'était un effort trop grand.

Ce que le docteur lui avait donné la faisait se

sentir assez hébétée et comme si son cerveau avait été rempli de coton.

— Je... Je suis... heureuse de... vous avoir... sauvé, dit-elle faiblement, et elle s'endormit.

Quand Rocana s'éveilla à nouveau, c'était le matin, et Marie mettait de l'ordre dans la chambre.

Le soleil entrait par la fenêtre et il y avait un énorme panier d'orchidées blanches à côté de son lit.

— Vous êtes réveillée, madame ? demanda Marie. Je suis sûre que vous souhaitez que je vous arrange, que je vous lave le visage, et que je vous apporte quelque chose à manger.

— Je... j'ai... soif.

Marie lui apporta une boisson fraîche faite de citron adouci de miel.

Comme sa bouche était sèche, Rocana but avidement, puis elle se rendit compte que son épaule lui faisait mal.

Marie comprit ce qu'elle ressentait en voyant l'expression sur son visage et lui dit :

— Le docteur sera ici un peu plus tard pour changer vos bandages, madame. Il sera très content que vous ayez dormi aussi bien.

— J'ai encore... sommeil.

Rocana savait que c'étaient les médicaments qui lui donnaient envie de glisser une fois encore dans l'oubli.

Marie insista néanmoins pour lui laver la figure et les mains et pour lui arranger les cheveux.

Elle était encore coiffée des élégantes boucles qu'elle avait portées la veille au soir, et Marie les

176

lui brossa de sorte qu'elles tombent de part et d'autre de son visage presque jusqu'à sa taille.

Elle les attacha avec de petits nœuds de ruban bleu assortis aux rideaux du lit.

— Parce que vous êtes très belle, madame la marquise, et aussi très robuste et saine, votre blessure se cicatrisera bientôt, et je ne pense pas que vous aurez de la fièvre.

— Cela me laissera-t-il... une cicatrice... très laide?

— Je pense que non, répondit le docteur, qui venait d'arriver, et de toute façon ce ne sera qu'une minuscule marque blanche sur la perfection de votre peau que votre mari considérera être une décoration pour votre courage!

C'était une façon de parler dont elle savait qu'aucun médecin anglais n'eût usé, et elle sourit au Français barbu tandis qu'il lui baisait la main et disait:

— Vous êtes très brave, madame, et je suis très honoré d'être admis à soigner une personne aussi ravissante!

Quand il fut parti, le marquis, ainsi que l'espérait Rocana, entra pour la voir et Marie quitta la pièce.

Le marquis baissa les yeux pour la regarder. Puis il s'assit sur un côté du lit et prit sa main dans la sienne.

— Comment vous sentez-vous?

— Bien... merci... et le docteur me dit que la... cicatrice ne sera pas... trop laide.

— Comment avez-vous pu accomplir un acte aussi courageux? demanda le marquis d'une voix inhabituelle.

— Je... je n'ai pas... réfléchi à ce que je... faisais, répondit Rocana. Je savais seulement que c'était... mal de la part du prince de vous attaquer, alors que vous n'étiez pas armé.

— Si vous n'étiez pas intervenue, sa canne à épée m'eût sans aucun doute transpercé le cœur, dit le marquis.

Ses doigts resserrèrent leur étreinte sur ceux de Rocana comme il ajouta :

— Je me demandais comment je pouvais l'empêcher de me tuer quand vous m'avez sauvé !

— Je suis... contente... si... si contente de l'avoir fait. Comment pouviez-vous... entre tous... mourir... de cette façon ?

— Suis-je tellement particulier ?

— Bien sûr que vous l'êtes ! Vous êtes si... magnifique... toujours vainqueur... le conquérant ! Ç'aurait été une mort... ignominieuse... ou une blessure qui aurait fait de vous un invalide, ce que je ne peux... supporter d'imaginer !

— Je vous suis très reconnaissant, dit le marquis, mais je suis curieux, Rocana, de la raison pour laquelle vous pensez de cette façon.

— Je... je voulais simplement... vous sauver, dit-elle d'une voix endormie.

Tandis qu'elle parlait elle sentit ses paupières se fermer et bien qu'elle eût désiré continuer à parler avec le marquis elle se surprit à glisser au sein d'un doux coussin de nuages qui n'étaient plus ténébreux mais gris.

La dernière chose qu'elle perçut fut qu'il tenait encore sa main dans la sienne.

CHAPITRE SEPT

— Je veux me lever, s'écria Rocana.

La religieuse qui disposait des fleurs sur sa coiffeuse tourna son paisible visage et répondit :

— Le docteur a promis que vous descendriez cet après-midi pendant un petit moment. Jusque là, Madame, il faut vous reposer.

— J'en ai assez de me reposer.

Rocana se parlait doucement à elle-même, ne désirant pas préoccuper la religieuse que le docteur lui avait envoyée pour la soigner.

Il y en avait deux. L'une était avec elle pendant la nuit ce qui voulait dire qu'elle ne s'était plus jamais réveillée pour trouver le marquis s'occupant d'elle, et l'autre la soignait pendant la journée.

En dépit de l'optimisme du docteur, elle avait eu de la fièvre pendant deux jours, ce qui l'avait laissée très faible.

Mais la blessure de son épaule se cicatrisait, elle n'était plus obligée de porter son bras en écharpe, et il ne restait plus qu'un bandage pour indiquer ce qui était arrivé.

Pendant quelques minutes, elle observa la religieuse qui arrangeait les ravissantes fleurs apportées chaque matin dans sa chambre. Puis elle demanda :

— Où est Monsieur ?

— Il est sorti, Madame.

— Sorti ?

— Oui, Madame, je l'ai vu partir assez tôt et je l'ai trouvé très élégant, conduisant ses chevaux qui sont si bien dressés.

Rocana ouvrit la bouche pour poser une question, puis se contraint non sans difficulté à ne pas le faire. Elle voulait demander si le marquis était seul.

Elle s'étonna de l'étrange sensation que cette pensée imprégnait dans sa poitrine. Il se pouvait qu'il fût seul quand il avait quitté la maison, mais il ne l'était certainement pas pour conduire dans le Bois ou se rendre en quelqu'autre lieu.

Pendant un moment, il lui sembla impossible d'admettre que l'idée qu'il se promenait aux côtés de quelque ravissante dame comme il l'avait fait avec elle, pouvait éveiller une telle sensation d'agonie, dont elle pensa que c'était encore plus douloureux que ne l'avait été la blessure de son bras.

Elle reconnut que c'était de la jalousie. Elle était jalouse de tout accompagnateur du marquis : jalouse que, elle-même ne pouvant l'accompagner, il aurait quelqu'un d'autre avec qui parler, quelqu'un d'autre qui le ferait rire.

« Comment puis-je.. ressentir les choses.. ainsi ? » se demanda-t-elle et, soudain, elle en sut la réponse autant que si celle-ci s'était trouvée écrite en lettres de feu sur les murs de la chambre.

Elle l'aimait !

Naturellement qu'elle l'aimait ! Comment pouvait-elle avoir été assez sotte pour penser qu'ils seraient amis longtemps ?

Elle savait maintenant qu'elle l'avait aimé bien avant de le rencontrer, quand elle écoutait les histoires qui étaient chuchotées sur son compte et qui étaient inspirées par l'envie et la jalousie mais aussi par une évidente admiration.

« Il en est ainsi », pensait-elle en elle-même, « parce qu'il est surhumain, un homme différent de tous les autres hommes. »

« Je l'aime ! » se dit-elle, et elle sut à quel point c'était sans espoir.

Peut-être qu'après avoir vaincu le prince il voyait à nouveau la belle princesse aux cheveux roux et aux yeux verts.

D'un autre côté, si cette aventure avait été écartée parce que considérée trop dangereuse, il y aurait sûrement des douzaines d'autres femmes pour prendre sa place.

Toutes les histoires qu'elle avait entendu raconter sur le marquis par le passé et les femmes qui l'avaient aimé si follement qu'elles s'étaient même tuées pour lui ou étaient mortes le cœur brisé, semblaient se gausser d'elle. Comme elle s'adossait aux oreillers, dans la belle chambre au plafond peint, elle pensa que sans le marquis elle pourrait tout aussi bien dormir dans une mansarde pour tout le plaisir que cela lui donnait.

— Je veux être avec lui, je veux lui parler, murmura-t-elle.

Elle se sentait comme si le soleil avait cessé de briller et qu'elle était enveloppée des mêmes ténèbres qui l'avaient recouverte lorsque la canne à épée du prince avait transpercé son épaule.

Après le déjeuner, alors qu'il n'y avait encore aucun signe du marquis, Marie vint pour l'aider à se lever. Elle l'habilla, accompagnée par les cris d'admiration de la religieuse, avec l'une des plus belles robes du trousseau de Caroline.

Elle était blanche, ornée d'une succession de rangs de vraie dentelle et de rubans aussi bleus que le ciel dehors, lequel paraissait à Rocana aussi sombre que s'il avait été noyé de pluie.

Quand elle fut habillée, la religieuse dit :

— Je vais maintenant vous dire au revoir, Madame.

— Au revoir ? demanda Rocana, surprise.

— Vous n'avez plus besoin de mes services et je prends la liberté de dire que cela a été un grand plaisir et un privilège d'être avec vous.

Rocana remercia la religieuse et comme elle n'avait rien d'autre à lui donner, elle insista pour qu'elle ramène au couvent l'un des paniers d'orchidées qui se trouvaient dans sa chambre. La religieuse, ravie d'avoir quelque chose à partager avec les autres sœurs, dit qu'elles prieraient toutes pour elle.

— Nous prierons pour votre bonheur, Madame, dit-elle en souriant, et que Dieu un jour bénisse votre mariage en vous accordant des enfants aussi charmants et beaux que vous et monsieur !

Rocana pensa que c'était quelque chose qui n'arriverait jamais et elle eut de la difficulté à répondre.

Finalement, après que la religieuse lui eût fait ses adieux, elle laissa Marie apporter les dernières touches à l'arrangement de sa chevelure, et se mit lentement debout.

— Je sens mes jambes comme si elles étaient faites de gelée ! s'exclama-t-elle.

— C'est bien ainsi que je pensais que vous vous sentiriez, dit une voix du seuil de la porte.

Elle tressaillit, tandis que le marquis pénétrait dans la chambre. Parce qu'il était là, le soleil lui sembla entrer à flots par les fenêtres et, comme il s'approchait d'elle, il lui parut auréolé de lumière.

Il souriait en disant :

— Comme malheureusement aucun de mes chevaux n'est assez intelligent pour monter l'escalier, vous me permettrez de prendre leur place et de vous porter en bas au salon.

Rocana sentit son cœur faire un bond d'excitation avant qu'elle ne parvienne à dire :

— Je... j'espère que je ne vais pas être... trop lourde pour vous.

Le marquis ne répondit pas. Il l'enleva simplement dans ses bras et elle se sentit frissonner à leur contact et au confort qu'ils dégageaient.

Il était maintenant impossible de trouver quoi que ce soit à dire et, bien qu'elle eût voulu lui demander où il était allé, cela ne paraissait plus tellement important.

Il la porta lentement et avec le plus grand soin au bas de l'escalier et, quand ils eurent traversé le vestibule, il la déposa par terre à l'extérieur du salon et dit :

— Il y a une surprise qui vous attend à l'intérieur.

— Une surprise ?

— Quelqu'un que, je crois, vous serez heureuse de voir !

Quand Rocana réalisa qu'ils ne seraient pas seuls, elle se sentit non seulement déçue mais aussi irritée.

Elle n'eut pas le temps de répondre car un valet de pied ouvrit la porte et il n'y eut rien d'autre à faire que d'entrer dans le salon.

Deux personnes s'y trouvaient dans la partie la plus éloignée et, pendant un instant, Rocana ne put même pas les regarder tant elle regrettait leur présence en ce lieu.

Mais comme une femme s'élançait vers elle, elle s'écria :

— Caroline !

Les bras de Caroline l'entourèrent et elle l'embrassa tout en disant :

— Rocana, c'est merveilleux de vous voir, et tellement, tellement gentil de la part du marquis de nous avoir amenés ici.

« Ainsi c'est là qu'il est allé ! » pensa Rocana.

Elle eut soudain l'impression que la pièce entière se remplissait de soleil.

Puis Patrick l'embrassa sur la joue et tous deux parlèrent simultanément.

— Comment pourrons-nous jamais vous remercier ? C'est entièrement grâce à vous que nous sommes ici ! Tout est si merveilleux !

— Et... vous êtes mariés ? demanda Rocana quand elle put enfin se faire entendre.

— Bien sûr que nous sommes mariés ! répondit Caroline. Patrick avait tout organisé. Et, ma très chère Rocana, le marquis nous a dit qu'il était à peu près certain que ni maman ni papa n'ont la moindre idée de ce qui est arrivé !

— Ils auront sûrement un choc, intervint Patrick, mais comme votre mari a promis de tout prendre sur lui, il n'y aura pas de raison que Caroline ait peur lorsque nous rentrerons chez nous.

Rocana regarda le marquis pour quêter une explication, et il dit de sa voix ironique avec le petit mouvement de lèvres qu'elle connaissait si bien :

— J'ai dit que je parlerai d'abord à votre oncle, et lui dirai que c'est entièrement ma faute s'il a été trompé. Je lui raconterai l'histoire que vous avez inventée.

— Vous allez vraiment faire cela ? demanda Rocana.

— Il a dit qu'il le ferait, s'interposa Caroline, avant que le marquis puisse répondre, et nous lui en avons tant, tant de gratitude !

Puis il y eut tellement à se raconter, tellement à entendre ! Rocana n'avait jamais vue Caroline aussi ravissante.

Elles burent du thé, mais le marquis et Patrick préférèrent du champagne, et ils parlèrent évidemment de chevaux.

Puis, avant que Rocana ait appris la moitié de ce qu'elle voulait savoir, Patrick regarda sa montre.

— Comme je ne voudrais pas que nous manquions notre train, dit-il, je crains qu'il faille que nous partions.

— Où allez-vous ? demanda Rocana.

— A Nice, répondit Caroline. N'est-ce pas excitant ? Et bien que nous ayons deviné que vous seriez à Paris, nous n'aurions pas osé vous faire signe et vous voir si le marquis n'avait découvert notre point de chute et ne nous avait amenés ici.

Elle lui sourit en ajoutant :

— Vous êtes tellement plus gentil que je ne le pensais, qu'il me semble que je vous dois des excuses.

— Cela m'embarrasserait, répondit le marquis, et je suis simplement si content que tout se soit finalement bien passé pour nous — tous.

Les deux hommes sortirent en premier dans le vestibule pour voir si la voiture qui devait les mener à la gare était prête, et Caroline mit sa main sur le bras de Rocana en lui disant à voix basse :

— Tu vas bien, ma chérie ? Il n'a pas été trop dur envers toi ?

— Non, bien sûr que non ! répondit Rocana. Il a, en fait, été très, très bon.

— Il n'est pas moitié aussi effrayant que je pensais qu'il serait, dit Caroline, et il a été si charmant de nous amener ici pour te voir.

— Je me demandais où il était parti, dit Rocana, se rappelant les pénibles sensations qu'elle avait eues.

— Je te veux aussi heureuse que Patrick et moi le sommes, dit Caroline, ou du moins presque autant ! Être mariés, c'est absolument comme être au Ciel !

Patrick l'appela depuis le vestibule et elle se leva.

— Merci, merci, ma chère Rocana, dit-elle.

Rocana l'accompagna jusqu'à l'endroit où le marquis et Patrick attendaient. Elle les regarda monter dans la voiture, Caroline agitant sa main par la fenêtre ouverte tandis qu'ils s'éloignaient.

Rocana et le marquis regagnèrent le salon et ce faisant, Rocana demanda :

— Comment vous est venue la pensée si gentille de retrouver Caroline et Patrick et de les amener ici pour me voir ?

— Je ne voulais pas que vous continuiez à vous faire du souci pour votre cousine, répondit le marquis, et comme j'avais découvert qu'ils étaient descendus dans un hôtel à Chantilly, j'y suis allé ce matin et j'ai insisté pour qu'ils viennent ici avant de prendre leur train pour Nice.

— Ils sont très... très... heureux, dit Rocana avec un petit soupir.

— C'est ce que j'ai pensé, approuva le marquis.

Rocana se serait volontiers assise sur le canapé, mais il dit :

— Réalisez-vous qu'il est presque cinq heures et que si, comme je le souhaite, vous dînez ce soir avec moi, vous devriez, je pense, aller vous reposer ?

Rocana fit entendre un petit cri de protestation.

— Oh ! non ! Je ne veux pas vous quitter !

— Nous sommes en France, répondit le marquis, et de cinq à sept tout homme et toute femme français de bon sens consacrent ce moment au repos, de façon à pouvoir briller de tous leurs feux dans la soirée.

Il n'attendit pas la réponse de Rocana et la souleva dans ses bras. Elle avait envie de lui dire qu'elle n'avait nullement le désir de retourner dans sa chambre, mais comme il souhaitait dîner avec elle, elle pensa qu'il valait mieux faire ce qu'il désirait.

Puis, comme il la portait en haut de l'escalier et qu'elle était consciente une fois de plus de ses bras et de son contact, elle se souvint que son père avait ri de l'interprétation française du cinq à sept. Il en avait parlé à sa mère dans la bibliothèque et n'avait pas réalisé qu'elle écoutait.

« C'est une habitude française, ma chérie, qui mérite qu'on la recommande. Les Français disent qu'ils se reposent, ce qui est le mot poli pour un tête à tête, un rendez-vous galant, pour naturellement faire l'amour. ».

Sa mère avait ri.

« Et ils prévoient réellement, spécialement un moment à part, pour ce genre de choses ? »

« Pouvez-vous imaginer quelque chose de plus sensé ? » avait répondu son père. « C'est là quelque chose que je pense introduire dans ma propre maison, et faire en sorte qu'entre cinq et sept nous ne soyons pas dérangés. »

Sa mère avait ri, mais Rocana avait compris que quand ses parents montaient, les bras enlacés, c'était qu'ils allaient se « reposer » à la mode française.

Il lui venait maintenant à l'esprit que si le marquis avait autant insisté pour qu'elle se repose c'est qu'il avait peut-être fixé un rendez-vous à quelqu'un d'autre.

« Après tout ce que je lui ai dit... il ne peut imaginer que cela me... ferait quelque chose, » pensa-t-elle tristement.

Elle ressentit alors à nouveau cette douleur poignante de la jalousie dans sa poitrine, et elle eut envie de s'accrocher à lui et de le supplier de ne pas la quitter.

Quand il la déposa dans sa chambre, Marie était là, et son orgueil l'empêcha de lui demander de rester.

— Je repasse votre négligé le plus joli pour que vous le mettiez ce soir, Madame, était en train de dire Marie. Monsieur a commandé le dîner dans le boudoir.

— Dans le boudoir ? s'exclama Rocana.

— C'est pour vous épargner d'avoir à descendre et devoir vous changer comme l'a fait observer Monsieur, expliqua Marie. Mais je vais demander sans attendre des fleurs spéciales du jardin pour que vous puissiez les mettre dans vos cheveux.

— Merci, répondit Rocana.

Elle pensa, tandis qu'elle se mettait au lit, que

quoi qu'elle porte, le marquis ne le remarquerait pas. Sans aucun doute, en ce moment même il conduisait sa voiture pour aller rendre visite à quelque dame merveilleusement belle qui l'attendait dans son boudoir. Il la trouverait si attirante qu'il la prendrait dans ses bras et l'embrasserait comme son père avait embrassé sa mère et comme si elle lui était infiniment précieuse.

« C'est quelque chose... qu'il ne ressentira jamais... à mon égard, » se dit Rocana en elle-même.

Elle se sentit si solitaire que des larmes lui vinrent aux yeux et descendirent le long de ses joues. Elle ne fit pas d'effort pour les essuyer.

Elle resta allongée, pensant simplement que l'amour qu'elle ressentait pour le marquis était plus douloureusement poignant que quelque autre douleur qui puisse jamais lui être infligée.

Puis, de façon surprenante, la porte qui menait au boudoir s'ouvrit et il entra dans la chambre.

Ses yeux étaient tellement remplis de larmes qu'elle pouvait seulement percevoir sa présence mais pas le voir très clairement.

Il vint en direction du lit et s'assit sur le rebord lui faisant face. Tout cela était si inattendu qu'elle se sentit trembler.

En même temps, elle était intensément consciente des vibrations et du magnétisme qui émanaient de lui et qui étaient irrésistibles.

— Vous pleurez, Rocana ? questionna le marquis de sa voix profonde. Souffrez-vous ?

— Non.

— Alors qu'est-ce qui vous a rendu malheureuse ?

Elle n'avait pas l'intention de le lui dire, mais d'une certaine façon, parce qu'il attendait qu'elle réponde, elle se surprit à dire :

— Je croyais que vous m'aviez... laissée... seule.

— Vous aviez dit que vous vouliez rester avec moi, dit le marquis doucement, aussi j'ai pensé que ce serait une bonne idée de nous reposer ensemble.

A la façon dont il parlait, le cœur de Rocana fit des sauts périlleux dans sa poitrine. La douleur avait disparu et une étrange excitation se faisait jour en elle comme si le soleil cheminait dans son corps.

Le marquis tira de sa poche un mouchoir de fine toile et essuya très doucement les larmes des joues et des yeux de Rocana.

Cela la fit trembler et, maintenant qu'elle pouvait le voir clairement, elle réalisa qu'il s'était lui aussi déshabillé.

Il ne dit rien mais contourna le lit et, enlevant son peignoir, se glissa entre les draps et s'étendit en se reculant contre les oreillers.

Rocana sursauta mais il avait laissé un espace entre eux. Bien qu'elle eût envie de le regarder elle se sentait intimidée.

— Maintenant de quoi allons-nous parler ? demanda le marquis. Oh ! oui, bien sûr ! De tableaux et de chevaux, lesquels comme vous le savez nous intéressent tous deux, mais je sens qu'il y a quelque chose d'autre dont nous devrions parler d'abord...

— Qu... Qu'est-ce ?

— Vous ne m'avez pas encore raconté pourquoi vous avez été assez courageuse pour me sauver la vie.

Elle ne répondit pas et il dit :

— Je ne pense pas qu'aucune autre femme aurait réfléchi si rapidement ou aurait fait preuve d'une bravoure aussi étonnante.

Le ton profond et quelque chose de très chaleureux dans sa voix firent frissonner Rocana.

Puis elle dit, et ses mots avaient une consonance presque frénétique :

— Imaginez qu'il... essaye de nouveau ? Imaginez qu'il... tire ou... vous poignarde... et que vous ne puissiez pas... vous protéger ?

— C'est quelque chose qu'il ne fera pas, dit le marquis avec assurance.

— Com... Comment pouvez-vous l'assurer ?

— Le prince a déjà quitté Paris pour retourner dans son propre pays.

Rocana eut un soupir de soulagement.

— Je suis contente... si... si contente.

— Pourquoi ?

La question la prit par surprise, et elle se tourna pour regarder le marquis avec une expression interrogative.

Il paraissait plus près d'elle qu'elle ne s'y était attendue et, pendant un moment, elle ne put penser à rien d'autre qu'au fait qu'il était si beau, et si proche.

— Je vous demandais, Rocana, dit-il doucement, pourquoi vous êtes si contente que je sois sauf.

Il fit une pause avant d'ajouter :

« Quand vous m'avez sauvé, j'ai tout d'abord pensé que peut-être je comptais d'une façon particulière pour vous, et que si j'étais mort de la main du prince vous auriez été bouleversée.

— Bien sûr que je... j'aurais été... bouleversée ! répliqua Rocana. Comment pourrais-je vous perdre quand...

Elle s'arrêta, réalisant qu'elle avait parlé sans réfléchir, et qu'elle avait été sur le point de dire un sentiment très révélateur.

Puis, elle sursauta car le marquis avait étendu ses bras et l'attirait tout contre lui. Il la déplaça très doucement pour ne pas faire de mal à son épaule et, à son contact, un frisson la parcourut tout entière. Elle tressaillit contre son corps, mais pas de peur.

Il était impossible de réfléchir ou de parler, mais seulement de sentir son magnétisme.

C'était si excitant qu'elle tourna son visage vers lui, consciente de ce qu'elle pouvait sentir la puissance de ses mains à travers la fine chemise de nuit transparente qu'elle portait.

— Vous n'avez pas répondu à ma question, Rocana, dit le marquis très doucement.

— Je... j'ai oublié ce... que c'était.

— Maintenant vous ne dites pas la vérité, et vous aviez promis que vous seriez toujours franche avec moi.

Parce qu'elle ne répondit pas, il mit ses doigts sous son menton et tourna très doucement son visage vers le sien.

Son geste lui fit encore une fois éprouver une série de frissons qui traversaient son corps et elle sentit qu'il devait s'en rendre compte.

Leurs visages étaient très proches l'un de l'autre ! Comme il la regardait dans les yeux, elle pensa qu'il y avait dans les siens une expression qu'elle n'avait jamais vue auparavant.

— Maintenant, dites-moi, dit-il, dites-moi exactement et véridiquement ce que vous ressentez pour moi.

Rocana se surprit à chuchoter ce qu'elle n'avait jamais eu l'intention de formuler à voix haute :

— Je... je vous aime ! Je... ne peux... m'en empêcher... mais je... vous aime !

— Comme je vous aime ! dit le marquis, et ses lèvres furent sur les siennes.

Elle sut alors que c'était cela qu'elle avait désiré si ardemment et qui l'avait fait pleurer et qu'elle avait voulu comme jamais elle n'avait voulu quoi que ce fût au cours de sa vie tout entière.

Son baiser sembla lui apporter non seulement le soleil, mais la lune, les étoiles, toute la magie qu'elle avait trouvée dans la beauté des choses, sachant instinctivement qu'elle la trouverait un jour dans l'amour.

C'était une magie qui semblait se déverser en elle, la faisant sentir comme si le marquis tirait jusqu'à son âme hors de son corps pour l'unir à la sienne.

Son baiser était si merveilleux, si parfait, que Rocana comprit que, comme Caroline, elle avait rejoint le Ciel, et trouvé l'amour qui n'était pas seulement humain mais faisait partie de Dieu.

C'était pour cela qu'elle avait prié, cela dont elle avait pensé qu'elle l'avait perdu irrémédiablement, et qui cependant lui appartenait soudainement.

Le marquis libéra ses lèvres et comme si elle était désorientée par les sensations qu'il lui avait procurées, Rocana dit, les mots trébuchant les uns sur les autres :

— Je vous aime... je vous aime... mais je n'avais jamais pensé que vous... m'aimeriez !

— Je crois que je vous ai aimée depuis la première minute où je vous ai vue, répondit le marquis, quand vous avez été si adroite avec Vulcan et, après, quand j'ai quitté le château, je continuais de penser à vous, et malgré tous mes efforts pour qu'il en soit autrement, vos yeux me hantaient.

— Est-ce que c'est... vrai ?

— C'est la vérité, dit-il, et je pensais aujourd'hui, quand Caroline était ici, que ma chance habituelle ne m'avait pas quitté, et que par un étrange biais du destin j'avais épousé la personne qui me convenait au lieu d'une autre qui eût été une erreur.

— Cela peut-il... être réellement... vrai ? demanda Rocana.

Le marquis sourit.

— Je vois que cela va me prendre longtemps pour vous convaincre que je dis la vérité, mon amour. Et je vais commencer en vous embrassant à nouveau, chose que je rêvais de faire depuis que vous m'avez dit que nous pouvions être seulement des amis.

— Comment... ai-je pu être aussi... stupide ?

Le marquis l'embrassa alors d'une façon exigeante, possessive et passionnée, jusqu'à ce que, son corps tout entier vibrant des frissons qu'il suscitait en elle, elle se serra plus près et encore plus près, tout contre lui.

Comme son cœur battait la chamade contre le sien elle comprit qu'elle avait réveillé ses sens et que lui aussi faisait l'expérience des sensations magiques qui passaient par vagues successives à travers son corps.

C'est seulement quand elle sentit qu'il l'emportait haut dans le ciel laissant la terre loin derrière eux qu'il dit d'une voix qu'elle reconnaissait à peine :

— Ma chérie ! Ma douce ! je vous veux ! Dieu sait à quel point je vous veux. Mais je ne voudrais rien faire qui puisse vous effrayer.

— Je... n'ai pas... peur.

— Vous pensez ce que vous dites ? Vous êtes tout à fait certaine que vous le pensez ? demanda le marquis.

Il y avait une nuance de passion dans la voix de Rocana qui ne lui échappa pas comme elle répondait :

— Enseignez-moi l'amour... je vous en prie... enseignez-moi à vous aimer... comme vous voulez être... aimé.

— Vous êtes sûre de ne pas avoir peur de moi ?

— J'ai seulement... peur de... mal faire.

Il émit un son qui était mi-rire, mi-expression de bonheur.

Puis il l'embrassa encore une fois, d'une façon qui était encore plus possessive, plus exigeante que la fois précédente.

Les mains du marquis la touchaient et elle savait que tous deux étaient emportés par une étrange magie qui semblait jaillir telle une flamme.

Bien que ce fût un feu, c'était aussi mystique, spirituel et enchanteur.

Il y avait une lumière qui était éblouissante, une musique venait de leurs cœurs et comme le marquis la faisait sienne, elle comprit que c'était cela la beauté dont elle avait poursuivi la quête et qu'elle avait pressentie dans tout ce qu'elle voyait.

La beauté de l'amour, de la vie et de Dieu, qui ne pouvait être trouvée que lorsque deux êtres devenaient un dans l'extase et le ravissement qui les élevaient en plein Ciel.

Longtemps plus tard, quand le soleil de l'après-midi eût disparu et que la chambre parut aussi pleine d'ombres que le jardin à l'extérieur, Rocana se tourna pour embrasser l'épaule du marquis.

Ses bras autour d'elle resserrèrent leur étreinte et il dit :

— Vous ai-je rendue heureuse, mon bel amour ? Je ne vous ai pas fait de mal ?

— Je... je ne savais pas qu'il était... possible d'être si... totalement... complètement heureuse... et en même temps... différente !

— Voilà ce que je voulais que vous ressentiez mon trésor, et je pense qu'en cet instant précis, nous n'étions pas humains mais avec les dieux.

— Comment pouvez-vous être aussi merveilleux ? demanda Rocana. Votre magie est si puissante que je sais maintenant que c'est... l'amour.

Le marquis eut un rire léger avant de dire :

— C'est la vôtre, mon adorable petite femme, de laquelle je n'ai jamais pu m'évader depuis que je vous ai rencontrée la première fois. Je l'ai sentie qui m'attirait, me retenait, et tandis que je me disais que j'imaginais des choses, je sais maintenant que vous m'aviez jeté un sort qui me retiendra toujours prisonnier.

— En supposant que je... vous ennuie ?

— Ce serait impossible.

— Com... comment pouvez-vous en être sûr ?

Il l'attira un peu plus près avant de dire :

— Vous savez sans que je vous l'aie dit qu'il y a eu beaucoup de femmes dans ma vie. Mais elles m'ont toujours déçu, et bien que je ne voulus pas le reconnaître, je cherchais quelque chose de différent : quelque chose que je ne pouvais pas formuler, mais que je connaissais au fond de mon esprit et dans les profondeurs de mon cœur.

C'était comme s'il lui racontait un conte de fées et Rocana le regarda, les yeux grands ouverts et pleins de mystère, et pourtant elle comprenait exactement ce qu'il était en train de dire.

— J'étais comme un pélerin, poursuivit le marquis, qui escalade une montagne seulement pour découvrir qu'il y a de l'autre côté une autre montagne et un autre horizon, et encore un autre.

Son ton changea comme il ajoutait :

— Je pensais que je me suffisais à moi-même, dans tous les sens, si complet, que je ne voulais pas écouter ce que vous appelez la « magie » qui m'avertissait de l'absence de quelque chose.

— Mais vous en étiez... conscient ?

— Bien sûr que j'en étais conscient, répondit-il, et chaque fois qu'une femme me décevait et que l'amour que j'avais espéré trouver n'était pas là, je me disais cyniquement que j'attendais trop, et demandais l'impossible.

Il soupira et poursuivit :

— Alors je recommençais à gravir une autre montagne dans l'espoir que je découvrirais au sommet le Saint Graal, la Toison d'Or, ou plus simplement : l'amour que tout homme, s'il est honnête, recherche en croyant qu'un jour il le découvrira.

Rocana retint sa respiration.

— Et... maintenant ?

— Je vous ai trouvée.

— Mais... en imaginant... simplement en imaginant...

Il posa un doigt sur ses lèvres.

— Je vous ai trouvée ! dit-il fermenent. Vous êtes tout ce dont j'ai été en quête, et dont je pensais que c'était une invention de mon imagination.

Il regarda son visage comme s'il tentait d'en absorber la beauté et poursuivit :

— J'adore votre visage, vos yeux, votre petit nez droit et vos lèvres qui sont différentes de celles de toutes les autres femmes. Quand je les touche avec les miennes je suis excité d'une tout autre façon que je ne l'ai été autrefois.

— Comment est-ce... différent ?

— C'est difficile à exprimer avec des mots, répondit le marquis, mais tandis que je vous désire en tant que femme, et personne, mon trésor, ne pourrait être plus désirable, je vous veux également de mille autres façons.

Il l'embrassa sur le front avant de continuer :

— Votre intelligence me stimule, et je me surprends à réfléchir aux conversations que nous avons eues ensemble et à désirer ardemment parler à nouveau avec vous.

C'était également ce que ressentait Rocana et elle émit un petit murmure de délice tandis qu'il poursuivait :

— Je sais aussi que d'une façon un peu étrange votre cœur parle à mon cœur et votre âme à mon âme. Nous avons les mêmes idéaux, les mêmes sentiments, le même besoin spontané d'aider les autres, d'améliorer tout ce qui nous entoure et d'être généreux de tout ce qui nous a été donné.

Le marquis rit légèrement en disant :

— Cela semble très sérieux, mais, mon trésor, tandis que vous serez la plus belle marquise de

Quorn qui ait jamais existé, vous travaillerez dur pour améliorer un grand nombre de choses différentes, aider ceux qui en ont besoin, et être ma source d'inspiration.

— J'adorerai cela, murmura Rocana.

— Et naturellement, indépendamment de toutes ces choses qui sont toujours à l'arrière de mon esprit, continua le marquis, le fait que la femme dont je ferais mon épouse devrait aussi être la personne susceptible de devenir la mère de mes enfants.

Il observa Rocana qui rougissait et dit très doucement et tendrement :

— Je pense, ma chérie, que lorsque nous aurons des enfants, ils seront beaux et bien faits et aussi dotés dès leur naissance de justes idéaux.

Rocana cacha son visage contre lui avant de dire d'une toute petite voix :

— En supposant que je... faillisse ? En imaginant que je ne sois pas assez... bien pour... vous ?

Le marquis releva une fois de plus son menton pour pouvoir la regarder.

— Ce que je suis réellement en train de dire, est que je ne suis pas assez bien pour vous. Mais, chérie, je suis tout à fait certain que notre commune magie fera se réaliser le meilleur de chacun.

— Je sais que c'est ce qui arrivera ! s'écria Rocana. Et parce que je vous aime, j'essaierai de faire... tout ce que vous... attendez de moi.

La façon dont elle parlait était si spontanée et si sincère que les lèvres du marquis retrouvèrent les siennes.

Comme il l'embrassait, elle sentit à nouveau en elle les ondes de cet étrange feu qu'étaient l'amour et la magie et toutes les choses qu'il lui avait dites qui étaient si belles.

Ils appartenaient non seulement à leur amour mais aussi à un enchantement qu'ils ne pourraient jamais fuir.

Puis, comme les baisers du marquis se faisaient plus insistants, elle sentit la magie qui émanait de lui s'intensifier pour s'unir avec elle, et il la transporta une fois encore dans les profondeurs du ciel.

Alors, comme il la faisait sienne, il y eut seulement le ravissement, l'extase et la magnificence de leur amour qui venait de Dieu, appartenait à Dieu, et qui était à eux pour l'éternité.

Aubin Imprimeur
LIGUGÉ, POITIERS

Achevé d'imprimer en janvier 1989
pour le compte de France Loisirs
123, bd de Grenelle, 75015 Paris
N° d'édition 14669 / N° d'impression L 30375
Dépôt légal, janvier 1989
Imprimé en France